Oplepo

Doppio epilogo per Andrea
Venticinque per trentatré

Biblioteca Oplepiana

N. 39

ISBN: 9788893641036 (libro) - 9788893641043 (ebook)

Venticinque anni d'Oplepo. In venticinque per Oplepo
a cura di Oplepo, piazza dei Martiri, 30 – 80121 Napoli (Italia)

Prima edizione Oplepo: ottobre 2015
Ristampa Oplepo - in riga: novembre 2017

Indice

Era vestito da agente immobiliare. A luglio, due del pomeriggio. Scarpe nere, vestito nero, camicia bianca, senza cravatta. L'aria era immobile come il muro a secco dove stava appoggiato, assieme a due lucertole verde chiaro. La masseria accecava come una luna grassa e bianchissima. Era arrivato in anticipo come sempre: metà della sua vita se n'era andata in lentezze e attese. Guardò il foglio per la terza volta: "14.30. Consegnare chiavi. Andrea Gilbert: già saldati mesi di luglio, agosto e settembre". Una lucertola s'infilò liquida in una fessura; dopo qualche secondo tornò fuori, testa e cuore, a pulsare piano nel sole. In quel momento la vide arrivare: auto scoperta, polvere che si alzava come un sipario, quasi un'eco di musica di Ennio Morricone. Le cicale scomparvero, o forse il motore ne inghiottì il canto.

Un arrivo da pop star – si disse. Nulla di che stupire uno che cercava di sistemare ogni piega del suo essere, interiore ed esteriore, all'immagine che ci si attendeva da lui. Stupire non gli era mai piaciuto fin da quando, alle elementari, lo faceva suo malgrado ogni volta che tirava fuori la merendina dallo zaino. Era difficoltoso avere una madre vegana quando nessuno ancora sapeva cosa fosse il veganismo, in una regione dove rimpinzarsi dei cibi più deleteri era l'imperativo trasversale di ogni classe sociale. Appena aveva iniziato a chiedersi quale fosse il suo posto nel mondo, si era scontrato con la diversità che sua madre gli imponeva. Perciò il suo posto, quello che fosse proprio suo, e di nessun altro, lui non l'aveva mai trovato. In compenso era abilissimo nel trovarlo per gli altri. Gli bastava un nome.

Ma quella volta il nome era un inganno: non era alta, non era bionda, non era snella. BELLA, però: gli ricordava BarbarELLA.

«Morricone! I vegani ante litteram! Barbarella! Ma che barba di storia della preistoria è mai questa?», dirà il nostro giovane Lettore, interdetto. *«E chi se la fila Barbarella?».*

Vergogna! B. è l'eroina di una famosa *B.D.* francese pubblicata nel 1962, la prima *B.D.* erotica per adulti, ispirata a B.B., anche se nel film (1968) B. è interpretata da J. F..

«B.D., B.B., ma...».

Basta domande, c'è internet! Per la descrizione di Andrea dovrò già eliminare B. L. (*cf.* J.R., *La B. H.*, p. 139 + *Le g. i. de L.*, p. 127) e *Les Bijoux* di B.!

Lui la vide: seno pesante, labbra melanzana, bomba più che Barbie, rosa nerocongo, ossimoro, sirena. La desiderò sùbito, come si desidera soltanto chi non si può possedere.

Da qualche minuto X si era avvicinato alla finestra al secondo piano della masseria, incuriosito dal rumore di un'auto all'ora della siesta. Guardando attraverso gli scuri socchiusi e vedendo la donna scendere dall'auto, gli era venuta alla mente Isadora Duncan, forse per un inconscio desiderio di vendetta sull'intrusa che aveva rotto la quiete del suo pomeriggio. Notando che l'uomo le consegnava le chiavi, capì che si trattava soltanto dell'inizio di un'invasione del suo mondo e si rabbuiò. Aveva bisogno di solitudine e silenzio per pensare e scrivere, ma l'una e l'altro rischiavano di essere messi in pericolo dall'arrivo di un corpo estraneo: attraente, per giunta. La sua prima reazione seccata fu di chiudere il computer, fare la valigia e cercarsi un altro rifugio. Ma il calore della giornata lo fece desistere.

[Facciamo un po' d'ordine: c'è un agente immobiliare che aspetta immobile, appoggiato al muro, un tale Andrea Gilbert per dargli le chiavi di una masseria, e fin qui OK. Arriva un'auto scoperta nella quale, scoperta!, non c'è il Gilbert, chiunque egli sia. Lo scopriamo attraverso lo sguardo dell'agente immobiliare, figlio di una vegana, poveretto. L'auto arriva e invece del Gilbert appare una tipa assai poco appariscente, per non dire peggio, ma all'agente, poveretto, appare irresistibile, avendone subito subíto non si capisce quale fascino: ma si sa che i vegani sono strani. Non visto, un presunto scrittore misantropo di nome X, alloggiato nella masseria, 2me étage, si scoccia assai per quella che considera un'intrusione, ma anche a lui, guardacaso, la tipa così così gli dice molto, o si direbbe meglio: un sacco]

Di primo acchito l'arrivo parve aver turbato la sua quiete, ma lo scrittore ci ripensò; non per il caldo ma per curiosità. Dopo l'impulso di rabbia indottogli dalla sciarpa di seta, ogni idea di fuga svanì: quella donna cominciava a piacergli e, in tutti i casi, l'avrebbe distratto un po' dal lavoro. Vide il tizio andar via, sentì chiudersi l'uscio della casa di giù, quella di... Isadora (o IsaBella?), e pensò di darle il benvenuto invitandola a salir sù. Mise un po' d'ordine in giro, gettò via la carta e l'oliva dal posacenere, svuotò con cura la pipa nel camino e andò a suonare alla porta recando un ramo di verbena e uno di mimosa. La donna l'accolse con un largo sorriso che lo mise sùbito a suo agio: era alta, il neo sulla gota destra le donava e lo spacco della gonna in raso di puro bisso le scopriva la gamba.

Gradì l'invito e chiese soltanto di aspettare pochi minuti: di lì a poco lo avrebbe raggiunto. Lui acconsentì, ritornò di sopra per attenderla continuando a pensare chi quella donna gli ricordasse. Lei arrivò dopo poco con in mano i due bei rametti avuti in dono. X riguardò lo spacco della gonna e più in basso ora notò alla sua caviglia un braccialetto: voleva sfilarlo, capì subito. Lei se ne accorse, ma fece finta di nulla. «Sono stata svelta» disse mentre si guardava in uno specchio. «Sì svelta; anzi *molto* svelta» disse lui. Poi le chiese: «C'è un nome sul braccialetto: il tuo?» «Sono

Phyllis, lo sai. Non ricordi? Mi hai lasciato il braccialetto sul cuscino quando te ne andasti via senza dirmi nulla. Ma davvero tu non mi riconosci? Da anni ti sto cercando e ora che ti ho trovato non fuggirai più». Muta estrasse una pistola dalla giarrettiera sexy di seta. E guardandolo impietosamente negli occhi, quegl'occhi tristi-bui che solo l'ex Isadora-IsaBella in realtà Phyllis! sì avrebbe saputo colorare, Phyllis... gli sparò alla fronte... Un colpo: bang! X cadde urlando: "Uai", un gemito inquietante che, per un momento, sembrò turbarla. Pensò velocissimamente alle mosse successive: calpestando verbena e mimosa puntò verso la scrivania o meglio, alle cose che aveva visto riflesse mentre osservava lo specchio. No, non c'era più tempo! Tra gli oggetti sulla scrivania, vide la pipa: la carezzò con l'indice e l'infilò tra i seni abbondanti. Notò: fogli sparsi, quaderni, sette matite blu, un portacenere pulito e una foto sbiadita di X a un convegno. L'attenzione andò al monitor illuminato: il testo diceva così: "Tetraktys: una storia" Ma guarda un po' cosa stava scrivendo questo qui! Pensò Phyllis. Non li ho mai sopportati, i Pitagorici. Ora sarà bene disfarmi anche dell'agente immobiliare.

Detto fatto, Phyllis scese in strada, montò in macchina e andò alla ricerca dell'agente immobiliare. Le serviva una lista di agenti immobiliari della città, per poi poterli passare al setaccio. A un distributore, si fermò e controllò sul computer portatile. Venne fuori che in città ce n'erano una ventina, di agenti immobiliari. Ce n'era uno in particolare, però, che attirò l'attenzione di Phyllis. Si chiamava "Agenzia Samos". Questa cosa sa di Pitagorico, pensò Phyllis. Non è la prima volta che tramano qualcosa di losco, quegli invasati. Vorrebbero che tutto il mondo diventasse vegano come loro e proibirebbero pure le fave! Ho quasi nostalgia degli Epicurei!

Però, accidenti, doveva assolutamente ripescarlo quel sedicente agente immobiliare. Eh già, altro che Isadora o Isabella (come il morto a volte vagheggiava), o Phyllis (come

a volte le piaceva immaginarsi)... lei si chiamava proprio
Andrea: nella fretta aveva commesso l'errore di dare in
agenzia il suo vero nome. E poi che idea balzana attribuirsi
per cognome il nome di quell'infame scrittorucolo di cui
era stata inutilmente innamorata: non aveva resistito all'impulso perverso di evocare la loro mal assortita coppia per
l'ultimo fatale (per Gilbert) incontro. E adesso, quell'intreccio di nomi poteva diventare un pericoloso cappio... A
certi tipi un nome poteva bastare per dare l'avvio alla spirale degli indizi – figuriamoci due, di cui uno appiccicato
su un cadavere. Prima di strozzarsi da sola con le proprie
fantasie malsane, bisognava rientrare in contatto, adducendo qualche scusa, con chi le aveva dato le chiavi. A quel
punto avrebbe cercato di capire, in base alle sue parole, se
il proprio falso nome fosse stato memorizzato da qualcun
altro (colleghi, amici, interlocutori vari, ecc.) e/o da qualcosa (block-notes, computer, cellulare, ecc.): facile tutto
sommato eliminare lui, assai meno facile eliminare tutte le
altre tracce, umane e non, del proprio passaggio. Le procedure inerenti all'affitto della masseria erano state fatte in
nero e senza alcun contratto, però tramite intermediari: il
che significava da un lato una minore probabilità di poter
risalire a lei, ma dall'altro un maggior numero di eventuali
testimoni. Basta! Intanto sarebbe passata dall'*Agenzia
Samos*, e poi – si disse con satanica ironia – «Chi vivrà
vedrà!»

[Ricapitoliamo nuovamente gli eventi, a beneficio
soprattutto del lettore più distratto o meno avveduto.
Una donna fatale (fatale in senso letterale, perché incontrarla e morire è tutt'uno) ha preso in affitto, col
falso nome-e-cognome di Andrea Gilbert, il pianterreno di una masseria, il cui 2° piano è occupato, e
probabilmente non si tratta di una semplice coincidenza, da un suo antico amante, che lei fredda con
un colpo di pistola non appena lo rivede. Questa
donna, che semina in giro nomi fasulli (tipo Phyllis)
e cadaveri reali, la chiameremo Andrea: Andrea

sembra del resto il suo vero nome, mentre Gilbert è
il nome del suo ex, testé assassinato. Nelle prossime
ore si prevedono altri delitti, quanto meno nella categoria – forse non esente da colpe, ma ultimamente
troppo bistrattata – degli agenti immobiliari.]

La vide arrivare ben prima che lei scoprisse l'insegna un
po' vecchiotta e pretenziosa dell'agenzia. Andrea avanzava
con piglio spavaldo, ma il colorito terreo tradiva una certa
ansia, tenuta a bada solo dal confortante contatto con la pistola. «Eccola che viene dritta dritta nella tana del lupo»,
pensò. Un lupo vegano e anche un po' spelacchiato, intento
a rosicchiarsi le unghie insieme a una barretta di semi non
meglio identificati. Lui si sentiva più che altro una faina:
da un pezzo il sedicente agente immobiliare era sulle tracce
della sedicente signora Gilbert. Benché ignara, lei l'avrebbe
finalmente condotto alla preziosa Tetraktys. Le inconsapevoli triangolazioni di Andrea, come un sistema di vasi comunicanti, avevano disegnato il percorso attraverso nove
postazioni (la Samos era appunto la nona). La decima era
Samos nel senso dell'isola. Quindi doveva andare da
Samos a Samos. Disegnò il tutto su googlemaps. Unendo i
punti da casa sua all'agenzia Samos e all'isola di Samos,
veniva fuori un triangolo retto la cui ipotenusa era Samos
(isola) - Samos (agenzia). Questo dovrà pure significare
qualcosa, si disse. Era ossessionata dai Pitagorici. Li
odiava, ne era gelosa. Tutto risaliva a un compito in classe
eseguito male in quinta liceo scientifico. Fece tutto giusto,
c'erano derivate e integrali, ma poi cascò sul più bello, un
semplicissimo teorema di Pitagora dove lei, Andrea, scrisse
che il quadrato costruito sul cateto maggiore è uguale alla
somma dei quadrati costruiti sull'ipotenusa e il cateto minore. Prese l'unica insufficienza della sua vita, mentre quel-
l'antipatico di Gianni, suo compagno di classe vegano,
prese dieci. "Com'ero cretina", pensò, ricordandosi dei
giorni in cui dovette inghiottire una media rovinata a causa
di quel dannato cómpito in classe.

Questi erano pensieri ed elucubrazioni della nostra quando s'accorse dell'agente immobiliare che, fuori dal suo ufficio e a braccia incrociate, pareva minacciarla. "Le cose si stanno complicando e mi innervosisce l'aria leggermente presuntuosa di 'sto vegano". Così pensava e come se le avesse letto i pensieri l'agente scortesemente le chiese: «Chi è lei? Non certo Andrea, o Phyllis, o Isabella, Isadora. Stupita? Ho ben più indizî di quanto lei non riesca a immaginare». Un unico stimolo arrivò nei gangli di Andrea e si attualizzò velocissimamente, anche perché la mano era intanto arrivata alla pistola che estrasse, che puntò, che sparò dicendo: «Adesso non c'è più Gilbert, tiè!» Ma lui era stato più lesto di lei, si era buttato a terra, l'aveva acciuffata alla caviglia facendola accasciare sul tappeto e ora la copriva col corpo stringendole i polsi.

La revolverata di Andrea aveva infranto la lampadina: erano al buio e lottavano con tutte le forze. Con loro sorpresa il contatto immobile cui erano costretti riaccese un antico desiderio: non l'avevano più fatto dopo l'alterco sul teorema di Pitagora. Una sera erano sul punto di rifarlo; ma nacque poi una questione su Fibonacci e sulla sua successione di numeri. E ora i due corpi ebbri di voluttà fremono, dandosi mutua gioia. Forse potrà esser per sempre ora che ci siamo ritrovati? così sognavano. «Le equazioni diofantine tu non le hai mai ben capite!» esclamò a un tratto Andrea «E tu scema su Gauss che sai?» Muti si staccarono e non parlarono a lungo, rimanendo in silenzio senza guardarsi negli occhi. Entrambi pensavano a come risolvere il complicato problema di "vita o morte" che dovevano affrontare, difficile da ridurre a una semplice successione o equazione matematica, fosse pure di Fibonacci o di Diofanto. Lavorarono mentalmente quasi all'unisono, e quando ripresero a parlare si trovarono immediatamente d'accordo: dovevano partire entrambi per l'isola di Samos, per ricercare insieme il bandolo della matassa che li avvolgeva, e minacciava di stringerli mortalmente com'era già successo a Gilbert. Detto e fatto. Prenotarono un aereo per Atene per il giorno dopo, dormirono insieme la notte ritrovandosi ancora una volta, e la mattina arrivarono all'aeroporto Eleftherios Venizelos. Videro il cartello dei "voli esoterici", e risero all'equivoco.

Il ferry li porta all'isola che
darà una risposta che forse non c'è
la bella IsaBella con il suo bum bum
e nella valigia una fiasca di rhum

il triste vegano incerto confuso
è un triste figuro stinto dall'uso
di erbe tisane e amoxycillina
vana cura alla sua tosse canina.

Sbarcano e là sotto il sole cocente
vedono subito che non c'è niente
di quel che credevan e che Tetraktys
è ben più oscuro, forse *in finis*

mundi o ancor più lontano remoto
da ogni essere umano e nel vuoto
disperso e forse più in là in un gorgo
del tempo infinito, dentro un ingorgo,

un intreccio di storie abortite,
come in un sogno subito scordato
mentre all'intorno frullano infinite

idee vane. Allora, sudato,
sotto il sole crudele di agosto,
il triste vegano tanto accaldato

si spoglia, e con un tuffo scomposto
s'immerge nel blu dell'Egeo mare
dimentico che non sa nuotare!

Ad Andrea tocca gettarsi in acqua in soccorso del nudo agente che si sbraccia chiedendo aiuto. Altro che vasi a Samo! I due han portato seco casi non risolti: il Tetraktys del monitor è per loro un enigma e sembra restar ancora tanto da capire. C'è da pensare alla somma dei numeri del triangolo Tetraktys (1+2+3+4=10)? Un altro triangolo, un'ossessione! Per fortuna senza neppure un cateto e un'ipotenusa. Per la prima volta ebbero un momento di relax; dopo un giro del golfo, si sedettero a un bar su un'altura. La lista offriva: pollo, torta al burro, cacao amaro, mango. Andrea assaporò qualcosa ma, principalmente, quel raro momento da tempo desiderato (era un caso che il nome datosi si anagrammasse in "grande libertà"?). Rimasero al chiarore della luna a guardar una vela alla fonda. Lui cominciò a baciarle un lobo e sùbito Andrea, percorsa da un brivido, inarcò il dorso, offrendo con posa lasciva natiche e seno sodo. Il desiderio aveva rotto remote dighe. Scivolando dal lobo al collo e dal collo alla spalla, Gianni notò i capezzoli turgidi-promessa di resa. Lei si mordicchiò un labbro, come da copione. Ma che altro poteva fare? Erano le mosse da lei stessa indicate in *Sesso: istruzioni per l'uso*.

In un sussurro, lo chiamò "Jean", come un tempo. Prima che i teoremi della ragione fiaccassero le fibre del cuore. Il francese era La Lingua dell'amore: trasformava un Gianni in principe.

Nello sciabordio che riecheggiava «Je t'aime moi non plus», nel tintinnio dei gioielli, ritrovarono parole d'antan:

– Belle, rose noir-congo, donne-moi ta gorge et ta cuisse et tes reins...

– Jean, baise m'encor, rebaise-moi et baise / T'auras braise...

Il Gianni, purtroppo o per fortuna, pur avvolto in uno dei più deliziosi versi del passato, continuava ad esistere, per una sola ragione: quella donna che ambiva a essere un ossimoro vivente lo stancava. Lo sfibrava quell'insistenza a non accettarlo per quello che era: un Gianni. E basta. Voleva Jean, un tipo senza articolo? Che se ne cercasse uno. Lui forse non era nobile ma alla fine non essere disarticolato poteva avere i suoi vantaggi. Aveva dimostrato di essere ben meno sprovveduto di quanto lei pensasse, mettendo a nudo le sue oscure intenzioni, schivando le sue trame prevedibili... La triangolazione del tetraktys era almeno servita a riprendere il passato per capire. E lui, sì, lui aveva capito che l'attrazione dei corpi non bastava a superare la repulsione dei cervelli. Le accuse reciproche palesavano quanto

<table>
<tr><td>1</td><td>2</td></tr>
</table>

poco condividessero. Anche Andrea si era scostata, era ormai lontana: pensava a Gilbert, ipotenusa o cateto che fosse stato per lei, alle poche intense volte in cui la loro pelle si era toccata e riconosciuta. La luna era così vicina e chiara da ricordarle l'arrivo alla masseria, in quella mattina trionfante di sole: era rimasta ipnotizzata da quel bianco spudorato. Non sapeva di Tetraktys, né aveva riconosciuto l'agente, ma era stata abbagliata da una fugacissima immagine mentale di sé, sola, all'ombra di un paese bianco come un'isola greca.

Ora che era qui, Andrea non aveva mai ucciso, amato, ferito nessuno. E non le servivano misteri da risolvere.

Al tavolo 3, lo straniero col triangolino tatuato sul collo si voltò a guardarla, con occhi blu come le persiane delle case: che sono fatte per riaprirsi ogni giorno.

poco condividessero. Anche Andrea si era scostata, era ormai lontana. Amore e morte: interessante, si disse. Migliaia di anni di evoluzione e siamo ancora qui. Una noia che poi sfido chiunque a non tentare la via del mistero, che almeno apre la possibilità di vivacizzare le cose. Purtroppo il limite è sempre lì: si cerca di risolverlo, il mistero, pensando che supererà la morte e troverà un'alternativa. Solo per gli eletti che lo decifrano, si intende. E allora meglio una bella pistola per riprendere le fila del destino; o una bella religione, così ci pensa qualcun altro.

Andrea guardò il cielo di Samos. In quell'istante, uno straniero con i capelli neri come il suo neo sulla guancia passò davanti a quella luna gigantesca e il suo profilo le piacque, senza altre riflessioni. Mi chiamo Andrea, disse. E non mentiva.

GLOSSE

Quella di un testo a più mani non è certo idea nuova. Questo racconto pseudo poliziesco nasce con l'intento di rendere un omaggio all'Oplepo in occasione del compimento dei suoi venticinque anni di vita.

In questa performance le "mani" sono state 22 per essere undici gli oplepiani che vi hanno partecipato realizzando ciascuno un brano di lunghezza prefissata (825 battute, compresi gli spazi) e in linea con quello precedente; ciò secondo una successione prefissata in rispetto dell'ordine di adesione al progetto e con una seconda tornata che ha seguìto l'ordine inverso (salvo un intervenuto scambio dettato da esigenze vacanziere di uno degli autori).

Perché 825? È presto detto: semplicemente perché 825 è il prodotto di 25 x 33, essendo 25 il numero di anni che si festeggiano e 33 quello degli oplepiani a oggi, 25 settembre 2015.

Di séguito sono distinte le diverse parti che hanno formato l'intera storia con l'indicazione dei rispettivi autori e delle eventuali contraintes *utilizzate.*

Daniela Fabrizi
> Protagonista dal nome interpretabile: Andrea è sia maschile che femminile. Inoltre, potrebbe essere un cognome: l'appunto dell'agente immobiliare può essere inteso come Andrea (cognome) Gilbert (nome di un eventuale protagonista, volendo anglofono o francofono). Toccando a me l'incipit, l'idea era di dare massima libertà: "grande libertà" è appunto l'anagramma di A.G., come brillantemente scoperto dal geniale Aragona.

Era vestito da agente immobiliare. A luglio, due del pomeriggio. Scarpe nere, vestito nero, camicia bianca, senza cravatta. L'aria era immobile come il muro a secco dove stava appoggiato, assieme a due lucertole verde chiaro. La masseria accecava come una luna grassa e bianchissima. Era arrivato in anticipo come sempre: metà della sua vita se n'era andata in lentezze e attese. Guardò il foglio per la terza volta: "14.30. Consegnare chiavi. Andrea Gilbert: già saldati mesi di luglio, agosto e settembre". Una lucertola s'infilò liquida in una fessura; dopo qualche secondo tornò fuori, testa e cuore, a pulsare piano nel sole. In quel momento la vide arrivare: auto scoperta, polvere che si alzava come un sipario, quasi un'eco di musica di Ennio Morricone. Le cicale scomparvero, o forse il motore ne inghiottì il canto.

Laura Brignoli
Un arrivo da pop star – si disse. Nulla di che stupire uno che cercava di sistemare ogni piega del suo essere, interiore ed esteriore, all'immagine che ci si attendeva da lui. Stupire non gli era mai piaciuto fin da quando, alle elementari, lo faceva suo malgrado ogni volta che tirava fuori la merendina dallo zaino. Era difficoltoso avere una madre vegana quando nessuno ancora sapeva cosa fosse il veganismo, in una regione dove rimpinzarsi dei cibi più deleteri era l'imperativo trasversale di ogni classe sociale. Appena aveva iniziato a chiedersi quale fosse il suo posto nel mondo, si era scontrato con la diversità che sua madre gli imponeva. Perciò il suo posto, quello che fosse proprio suo, e di nessun altro, lui non l'aveva mai trovato. In compenso era abilissimo nel trovarlo per gli altri. Gli bastava un nome.

Eliana Vicari
Ma quella volta il nome era un inganno: non era alta, non era bionda, non era snella. BELLA, però: gli ricordava BarbarELLA.
«Morricone! I vegani ante litteram*! Barbarella! Ma che barba di storia della preistoria è mai questa?»*, dirà il nostro giovane Lettore, interdetto. *«E chi se la fila Barbarella?»*.
Vergogna! B. è l'eroina di una famosa *B.D.* francese pubblicata nel 1962, la prima *B.D.* erotica per adulti, ispirata a B.B., anche se nel film (1968) B. è interpretata da J. F..
«B.D., B.B., ma…».
Basta domande, c'è internet! Per la descrizione di Andrea dovrò già eliminare B. L. (*cf.* J.R., *La B. H.*, p. 139 + *Le g. i. de L.*, p. 127) e *Les Bijoux* di B.!
Lui la vide: seno pesante, labbra melanzana, bomba più che Barbie, rosa nerocongo, ossimoro, sirena. La desiderò sùbito, come si desidera soltanto chi non si può possedere.

Piergiorgio Odifreddi
Da qualche minuto X si era avvicinato alla finestra al secondo piano della masseria, incuriosito dal rumore di un'auto all'ora della siesta. Guardando attraverso gli scuri socchiusi e vedendo la donna scendere dall'auto, gli era venuta alla mente Isadora Duncan, forse per un inconscio desiderio di vendetta sull'intrusa che aveva rotto la quiete del suo pomeriggio. Notando che l'uomo le consegnava le chiavi, capì che si trattava soltanto dell'inizio di un'invasione del suo mondo e si rabbuiò. Aveva bisogno di solitudine e silenzio per pensare e scrivere, ma l'una e l'altro rischiavano di essere messi in pericolo dall'arrivo di un corpo estraneo: attraente, per giunta. La sua prima reazione seccata fu di chiudere il computer, fare la valigia e cercarsi un altro rifugio. Ma il calore della giornata lo fece desistere.

Piero Falchetta

[Facciamo un po' d'ordine: c'è un agente immobiliare che aspetta immobile, appoggiato al muro, un tale Andrea Gilbert per dargli le chiavi di una masseria, e fin qui OK. Arriva un'auto scoperta nella quale, scoperta! non c'è il Gilbert, chiunque egli sia. Lo scopriamo attraverso lo sguardo dell'agente immobiliare, figlio di una vegana, poveretto. L'auto arriva e invece del Gilbert appare una tipa assai poco appariscente, per non dire peggio, ma all'agente, poveretto, appare irresistibile, avendone subito subìto non si capisce quale fascino: ma si sa che i vegani sono strani. Non visto, un presunto scrittore misantropo di nome X, alloggiato nella masseria, 2me étage, si scoccia assai per quella che considera un'intrusione, ma anche a lui, guardacaso, la tipa così così gli dice molto, o si direbbe meglio: un sacco.]

Raffaele Aragona

Il testo contiene 25 "omografi interlinguistici" spagnoli, *falsos amigos*, cioè – mai ripetuti – essendosi, in qualche caso, estesa la definizione anche a forme flesse, declinate o coniugate: *primo, quiete. caldo. seta. casi, pronto, salir, su, giro, carta, oliva, cura, pipa, camino, ramo, verbena, mimosa, largo, agio, alta, neo, gota, puro, raso, gamba.*

Di primo acchito l'arrivo parve aver turbato la sua quiete, ma lo scrittore ci ripensò; non per il caldo ma per curiosità. Dopo l'impulso di rabbia indottogli dalla sciarpa di seta, ogni idea di fuga svanì: quella donna cominciava a piacergli e, in tutti i casi, l'avrebbe distratto un po' dal lavoro. Vide il tizio andar via, sentì chiudersi l'uscio della casa di giù, quella di... Isadora (o IsaBella?), e pensò di darle il benvenuto invitandola a salir sù. Mise un po' d'ordine in giro, gettò via la carta e l'oliva dal posacenere, svuotò con cura la pipa nel camino e andò a suonare alla porta recando un ramo di verbena e uno di mimosa. La donna l'accolse con un largo sorriso che lo mise sùbito a suo agio: era alta, il neo sulla gota destra le donava e lo spacco della gonna in raso di puro bisso le scopriva la gamba.

Lorenzo Enriques

Qualcuno forse riconoscerà un ricordo di "La Fiamma del peccato" (*Double Indemnity,* 1944) di Billy Wilder: cioè della scena in cui Walter Neff incontra Phyllis Dietrichson.

Un'ulteriore *contrainte*, suggerita da Aragona, è che tutte le righe hanno 33 caratteri spazi inclusi, accapo esclusi: perciò ci sono esattamente 25 righe, quanti sono gli anni dell'Oplepo.

Gradì l'invito e chiese soltanto
di aspettare pochi minuti: di lì
a poco lo avrebbe raggiunto. Lui
acconsentì, ritornò di sopra per
attenderla continuando a pensare
chi quella donna gli ricordasse.
Lei arrivò dopo poco con in mano
i due bei rametti avuti in dono.
X riguardò lo spacco della gonna
e più in basso ora notò alla sua
caviglia un braccialetto: voleva
sfilarlo, capì subito. Lei se ne
accorse, ma fece finta di nulla.
«Sono stata svelta» disse mentre
si guardava in uno specchio. «Sì
svelta; anzi *molto* svelta» disse
lui. Poi le chiese: «C'è un nome
sul braccialetto: il tuo?» «Sono
Phyllis, lo sai. Non ricordi? Mi
hai lasciato il braccialetto sul
cuscino quando te ne andasti via
senza dirmi nulla. Ma davvero tu
non mi riconosci? Da anni ti sto
cercando e ora che ti ho trovato
non fuggirai più». Muta estrasse

Elena Addòmine

Prendendo dall'inizio ogni venticinquesimo carattere, qui mostrato in grassetto, si ottiene la frase "Tanti auguri Oplepo venticinque anni". L'ultima riga fa riferimento al tetraktys che è la
forma geometrica equivalente al numero 10.

una pistola dalla giarrettiera sexy di seta. E guardandolo impietosamente
negli occhi, quegl'occhi tristi-bui che solo l'ex Isadora-IsaBella in realtà
Phyllis! sì avrebbe saputo colorare, Phyllis... gli sparò alla fronte... Un
colpo: bang! X cadde urlando: "Uai", un gemito inquietante che, per un
momento, sembrò turbarla. Pensò velocissimamente alle mosse successive: calpestando verbena e mimosa puntò verso la scrivania o meglio,
alle cose che aveva visto riflesse mentre osservava lo specchio. No, non
c'era più tempo! Tra gli oggetti sulla scrivania, vide la pipa: la carezzò
con l'indice e l'infilò tra i seni abbondanti. Notò: fogli sparsi, quaderni,
sette matite blu, un portacenere pulito e una foto sbiadita di X a un convegno. L'attenzione andò al monitor illuminato: il testo diceva così: "Tetraktys: una storia"

Paolo Pergola

Ma guarda un po' cosa stava scrivendo questo qui! Pensò Phyllis. Non
li ho mai sopportati, i Pitagorici. Ora sarà bene disfarmi anche del-
l'agente immobiliare. Detto fatto, Phyllis scese in strada, montò in macchina e andò alla ricerca dell'agente immobiliare. Le serviva una lista
di agenti immobiliari della città, per poi poterli passare al setaccio. A un

distributore, si fermò e controllò sul computer portatile. Venne fuori che in città ce n'erano una ventina, di agenti immobiliari. Ce n'era uno in particolare, però, che attirò l'attenzione di Phyllis. Si chiamava "Agenzia Samos". Questa cosa sa di Pitagorico, pensò Phyllis. Non è la prima volta che tramano qualcosa di losco, quegli invasati. Vorrebbero che tutto il mondo diventasse vegano come loro e proibirebbero pure le fave! Ho quasi nostalgia degli Epicurei!

Maria Sebregondi

> Sono 127 parole: un numero interessante perché, sommando 1+2+7, si ottiene il 10 della Tetraktys (e perciò ho voluto ripeterlo anche più in avanti).

Però, accidenti, doveva assolutamente ripescarlo quel sedicente agente immobiliare. Eh già, altro che Isadora o Isabella (come il morto a volte vagheggiava), o Phyllis (come a volte le piaceva immaginarsi)… lei si chiamava proprio Andrea: nella fretta aveva commesso l'errore di dare in agenzia il suo vero nome. E poi che idea balzana attribuirsi per cognome il nome di quell'infame scrittorucolo di cui era stata inutilmente innamorata: non aveva resistito all'impulso perverso di evocare la loro mal assortita coppia per l'ultimo fatale (per Gilbert) incontro. E adesso, quell'intreccio di nomi poteva diventare un pericoloso cappio… A certi tipi un nome poteva bastare per dare l'avvio alla spirale degli indizi – figuriamoci due, di cui uno appiccicato su un cadavere. Prima di strozzarsi da sola con le proprie fantasie

Giuseppe Varaldo

malsane, bisognava rientrare in contatto, adducendo qualche scusa, con chi le aveva dato le chiavi. A quel punto avrebbe cercato di capire, in base alle sue parole, se il proprio falso nome fosse stato memorizzato da qualcun altro (colleghi, amici, interlocutori vari, ecc.) e/o da qualcosa (block-notes, computer, cellulare, ecc.): facile tutto sommato eliminare lui, assai meno facile eliminare tutte le altre tracce, umane e non, del proprio passaggio. Le procedure inerenti all'affitto della masseria erano state fatte in nero e senza alcun contratto, però tramite intermediari: il che significava da un lato una minore probabilità di poter risalire a lei, ma dall'altro un maggior numero di eventuali testimoni. Basta! Intanto sarebbe passata dall'*Agenzia Samos*, e poi – si disse con satanica ironia – «Chi vivrà vedrà!»

Giuseppe Varaldo

[Ricapitoliamo nuovamente gli eventi, a beneficio soprattutto del lettore più distratto o meno avveduto. Una donna fatale (fatale in senso letterale, perché incontrarla e morire è tutt'uno) ha preso in affitto, col falso nome-e-cognome di Andrea Gilbert, il pianterreno di una masseria, il cui 2° piano è occupato, e probabilmente non si tratta di una semplice coincidenza, da un suo antico amante, che lei fredda con un colpo di pistola non appena lo rivede. Questa donna, che semina in giro nomi fasulli (tipo Phyllis) e cadaveri reali, la chiameremo Andrea: Andrea sembra del resto il suo vero nome, mentre Gilbert è il nome del suo ex, testé assassinato. Nelle prossime ore si prevedono altri delitti, quanto meno nella categoria – forse non esente da colpe, ma ultimamente troppo bistrattata – degli agenti immobiliari.]

Maria Sebregondi

Sono anche qui 127 parole: un numero interessante perché, come già detto, sommando 1+2+7, si ottiene il 10 della Tetraktys ed è perciò che ho voluto ripeterlo anche qui.

La vide arrivare ben prima che lei scoprisse l'insegna un po' vecchiotta e pretenziosa dell'agenzia. Andrea avanzava con piglio spavaldo, ma il colorito terreo tradiva una certa ansia, tenuta a bada solo dal confortante contatto con la pistola. «Eccola che viene dritta dritta nella tana del lupo», pensò. Un lupo vegano e anche un po' spelacchiato, intento a rosicchiarsi le unghie insieme a una barretta di semi non meglio identificati. Lui si sentiva più che altro una faina: da un pezzo il sedicente agente immobiliare era sulle tracce della sedicente signora Gilbert. Benché ignara, lei l'avrebbe finalmente condotto alla preziosa Tetraktys. Le inconsapevoli triangolazioni di Andrea, come un sistema di vasi comunicanti, avevano disegnato il percorso attraverso nove postazioni (la Samos era appunto la nona). La decima

Paolo Pergola

era Samos nel senso dell'isola. Quindi doveva andare da Samos a Samos. Disegnò il tutto su googlemaps. Unendo i punti da casa sua all'agenzia Samos e all'isola di Samos, veniva fuori un triangolo retto la cui ipotenusa era Samos (isola) - Samos (agenzia). Questo dovrà pure significare qualcosa, si disse. Era ossessionata dai Pitagorici. Li odiava, ne era gelosa. Tutto risaliva a un compito in classe eseguito male in quinta liceo scientifico. Fece tutto giusto, c'erano derivate e integrali, ma poi cascò sul più bello, un semplicissimo teorema di Pitagora dove lei, Andrea, scrisse che il quadrato costruito sul cateto maggiore è uguale alla somma dei quadrati costruiti sull'ipotenusa e il cateto minore. Prese l'unica insufficienza della sua vita, mentre quell'antipatico di Gianni, suo compagno di classe vegano, prese

Elena Addòmine

Prendendo, a partire dalla fine, ogni venticinquesimo carattere, qui mostrato in grassetto, si ottiene nuovamente la frase "Tanti auguri Oplepo venticinque anni".

dieci. "Com'ero cretina", pensò, ricordandosi dei giorni in cui dovette inghiottire una media rovinata a causa di quel dannato cómpito in classe.

Questi erano pensieri ed elucubrazioni della nostra quando s'accorse dell'agente immobiliare che, fuori dal suo ufficio e a braccia incrociate, pareva minacciarla. "Le cose si stanno complicando e mi innervosisce l'aria leggermente presuntuosa di 'sto vegano". Così pensava e come se le avesse letto i pensieri l'agente scortesemente le chiese: «Chi è lei? Non certo Andrea, o Phyllis, Isabella, o Isadora. Stupita? Ho ben più indizî di quanto lei non riesca a immaginare». Un unico stimolo arrivò nei gangli di Andrea e si attualizzò velocissimamente, anche perché la mano era intanto arrivata alla pistola che estrasse, che puntò, che sparò dicendo: «Adesso non c'è più Gilbert

Lorenzo Enriques
>Sono 33 righe, ciascuna di 25 caratteri. Per il resto il brano è fortemente ispirato alla collana Harmony.

```
, tiè!» Ma lui era stato
più lesto di lei, si era
buttato a terra, l'aveva
acciuffata alla caviglia
facendola accasciare sul
tappeto e ora la copriva
col corpo stringendole i
polsi. La revolverata di
Andrea aveva infranto la
lampadina: erano al buio
e lottavano con tutte le
forze. Con loro sorpresa
il contatto immobile cui
erano costretti riaccese
un antico desiderio: non
l'avevano più fatto dopo
l'alterco sul teorema di
Pitagora. Una sera erano
sul punto di rifarlo; ma
nacque poi una questione
su Fibonacci e sulla sua
successione di numeri. E
ora i due corpi ebbri di
voluttà fremono, dandosi
mutua gioia. Forse potrà
esser per sempre ora che
ci siamo ritrovati? così
sognavano. «Le equazioni
diofantine tu non le hai
mai ben capite!» esclamò
a un tratto Andrea «E tu
scema su Gauss che sai?»
Muti si staccarono e non
```

Piergiorgio Odifreddi

parlarono a lungo, rimanendo in silenzio senza guardarsi negli occhi. Entrambi pensavano a come risolvere il complicato problema di "vita o morte" che dovevano affrontare, difficile da ridurre a una semplice successione o equazione matematica, fosse pure di Fibonacci o di Diofanto. Lavorarono mentalmente quasi all'unisono, e quando ripresero a parlare si trovarono immediatamente d'accordo: dovevano partire entrambi per l'isola di Samos, per ricercare insieme il bandolo della matassa che li avvolgeva, e minacciava di stringerli mortalmente com'era già successo a Gilbert. Detto e fatto. Prenotarono un aereo per Atene per il giorno dopo, dormirono insieme la notte ritrovandosi ancora una volta, e la mattina arrivarono all'aeroporto Eleftherios Venizelos. Videro il cartello dei "voli esoterici", e risero all'equivoco.

Piero Falchetta

"Ipersonetto" di 4 quartine e 3 terzine, con schema AABB / CCDD / EEFF/ GGHH / IJI / JKJ / KLL.

Il ferry li porta all'isola che
darà una risposta che forse non c'è
la bella IsaBella con il suo bum bum
e nella valigia una fiasca di rhum

il triste vegano incerto confuso
è un triste figuro stinto dall'uso
di erbe tisane e amoxycillina
vana cura alla sua tosse canina.

Sbarcano e là sotto il sole cocente
vedono subito che non c'è niente
di quel che credevan e che Tetraktys
è ben più oscuro, forse *in finis*

mundi o ancor più lontano remoto
da ogni essere umano e nel vuoto
disperso e forse più in là in un gorgo
del tempo infinito, dentro un ingorgo,

un intreccio di storie abortite,
come in un sogno subito scordato
mentre all'intorno frullano infinite

idee vane. Allora, sudato,
sotto il sole crudele di agosto,
il triste vegano tanto accaldato

si spoglia, e con un tuffo scomposto
s'immerge nel blu dell'Egeo mare
dimentico che non sa nuotare!

Raffaele Aragona

> Anche questo brano contiene 25 "omografi interlinguistici" spagnoli, *falsos amigos*, cioè – mai ripetuti – essendosi, in qualche caso, estesa la definizione anche a forme flesse, declinate o coniugate: *nudo, seco, monitor, loro, restar, tanto, cateto, prima, giro, golfo, su, altura, lista, pollo, torta, burro, cacao, amaro, mango, raro, guardar, vela, fonda, luna, lobo.*

Ad Andrea tocca gettarsi in acqua in soccorso del nudo agente che si sbraccia chiedendo aiuto. Altro che vasi a Samo! I due han portato seco casi non risolti: il Tetraktys del monitor è per loro un enigma e sembra restar ancora tanto da capire. C'è da pensare alla somma dei numeri del triangolo Tetraktys (1+2+3+4=10)? Un altro triangolo, un'ossessione! Per fortuna senza neppure un cateto e un'ipotenusa. Per la prima volta ebbero un momento di relax; dopo un giro del golfo, si sedettero a un bar su un'altura. La lista offriva: pollo, torta al burro, cacao amaro, mango. Andrea assaporò qualcosa ma, principalmente, quel raro momento da tempo desiderato (era un caso che il nome datosi si anagrammasse in "grande libertà"?). Rimasero al chiarore della luna a guardar una vela alla fonda. Lui cominciò a baciarle un lobo e

Eliana Vicari

sùbito Andrea, percorsa da un brivido, inarcò il dorso, offrendo con posa lasciva natiche e seno sodo. Il desiderio aveva rotto remote dighe. Scivolando dal lobo al collo e dal collo alla spalla, Gianni notò i capezzoli turgidi-promessa di resa. Lei si mordicchiò un labbro, come da copione. Ma che altro poteva fare? Erano le mosse da lei stessa indicate in *Sesso: istruzioni per l'uso.*

In un sussurro, lo chiamò "Jean", come un tempo. Prima che i teoremi della ragione fiaccassero le fibre del cuore. Il francese era La Lingua dell'amore: trasformava un Gianni in principe.

Nello sciabordio che riecheggiava «Je t'aime moi non plus», nel tintinnio dei gioielli, ritrovarono parole d'antan:

– Belle, rose noir-congo, donne-moi ta gorge et ta cuisse et tes reins...

– Jean, baise m'encor, rebaise-moi et baise / T'auras braise...

Laura Brignoli

Il Gianni, purtroppo o per fortuna, pur avvolto in uno dei più deliziosi versi del passato, continuava ad esistere, per una sola ragione: quella donna che ambiva a essere un ossimoro vivente lo stancava. Lo sfibrava quell'insistenza a non accettarlo per quello che era: un Gianni. E basta. Voleva Jean, un tipo senza articolo? Che se ne cercasse uno. Lui forse non era nobile ma alla fine non essere disarticolato poteva avere i suoi vantaggi. Aveva dimostrato di essere ben meno sprovveduto di quanto lei pensasse, mettendo a nudo le sue oscure intenzioni, schivando le sue trame prevedibili… La triangolazione del tetraktys era almeno servita a riprendere il passato per capire. E lui, sì, lui aveva capito che l'attrazione dei corpi non bastava a superare la repulsione dei cervelli. Le accuse reciproche palesavano quanto

Daniela Fabrizi 1

poco condividessero. Anche Andrea si era scostata, era ormai lontana: pensava a Gilbert, ipotenusa o cateto che fosse stato per lei, alle poche intense volte in cui la loro pelle si era toccata e riconosciuta. La luna era così vicina e chiara da ricordarle l'arrivo alla masseria, in quella mattina trionfante di sole: era rimasta ipnotizzata da quel bianco spudorato. Non sapeva di Tetraktys, né aveva riconosciuto l'agente, ma era stata abbagliata da una fugacissima immagine mentale di sé, sola, all'ombra di un paese bianco come un'isola greca.

Ora che era qui, Andrea non aveva mai ucciso, amato, ferito nessuno. E non le servivano misteri da risolvere. Al tavolo 3, lo straniero col triangolino tatuato sul collo si voltò a guardarla, con occhi blu come le persiane delle case: che sono fatte per riaprirsi ogni giorno.

Daniela Fabrizi 2

poco condividessero. Anche Andrea si era scostata, era ormai lontana. Amore e morte: interessante, si disse. Migliaia di anni di evoluzione e siamo ancora qui. Una noia che poi sfido chiunque a non tentare la via del mistero, che almeno apre la possibilità di vivacizzare le cose. Purtroppo il limite è sempre lì: si cerca di risolverlo, il mistero, pensando che supererà la morte e troverà un'alternativa. Solo per gli eletti che lo decifrano, si intende. E allora meglio una bella pistola per riprendere le fila del destino; o una bella religione, così ci pensa qualcun altro.

Andrea guardò il cielo di Samos. In quell'istante, uno straniero con i capelli neri come il suo neo sulla guancia passò davanti a quella luna gigantesca e il suo profilo le piacque, senza altre riflessioni. Mi chiamo Andrea, disse. E non mentiva.

Appendice
Pagine introduttive a
La Biblioteca Oplepiana, Zanichelli 2005

Introduzione

Alla domanda "cosa è la poesia?", la mia tesi può riassumersi molto brevemente in questa formula: la poesia è una mnemotecnica, una tecnica del ricordo, un'arte della memoria.

Alla domanda: "allora, perché la *contrainte*?", "perché la *contrainte* poetica in particolare?", può rispondersi che questa ha una finalità precisa: si usano delle *contraintes* per meglio memorizzare. Naturalmente le diverse culture producono, nei diversi tempi, differenti modalità, perché la memoria umana non esiste come tale in assoluto, ma vi sono varie mnemotecniche che si adattano plasticamente nello spazio e nel tempo e producono, quindi, nozioni e pratiche molto diverse da quello che potrei chiamare in modo generico "verso" e, ancora, categorie metriche accompagnate da differenti prescrizioni; in comune c'è precisamente una *contrainte*. Tutto ciò può riguardare il numero, la lunghezza, la durata sillabica, i modi ritmici, l'impiego di allitterazioni o l'organizzazione strofica, l'omoteleuto, la rima, la costituzione di un lessico politico, radicalmente altro da un lessico quotidiano.

La memoria di vita è socialmente definibile con tratti storico-culturali. Per qualcuno, per una cultura (non parlo di elementi individuali), qualcosa può essere agevolmente memorizzabile e altre cose impossibili a ricordarsi; passando da una cultura all'altra, i criteri, i modi e le forme della memorabilità, dunque le *contraintes* che ne possono nascere, sono totalmente diverse.

Cosa vale tutto ciò nel momento in cui si genera la scrittura? quando, potrebbe dirsi, "la musa impara a scrivere". Evidentemente tutte queste *contraintes* mnemotecniche diventano superflue. Io scrivo un testo, non ho più bisogno di memorizzarlo. La scrittura, tra l'altro, è un caso di notazione molto imperfetto; come devo leggere una poesia di Leopardi? La notazione scrittoria è infinitamente più vaga rispetto al tipo di sistemazione che noi abbiamo acquisito: bene o male, io so come si deve eseguire Chopin, naturalmente in un vasto àmbito di interpretazione, ma entro limiti contenuti. «Sempre caro mi fu quest'ermo colle», può invece essere letto in mille modi diversi perché, oltre tutto, non si dispone della registrazione della voce di Leopardi il quale, per altro, una volta lesse in pubblico (si esibì a Bologna in una riunione diciamo arcadica o accademica): insomma, si tratta di partiture molto imperfette.

Le *contraintes* sono sopravvissute e il carattere mnemotecnico della poesia rimane intatto; la poesia è fatta per essere memorizzata e, anche se ce l'ho lì scritta sulla carta, il corretto uso della poesia è quello: "io me la devo ricantare dentro…, altrimenti non funziona".

Oggi si vive in un'età che aspira alla dissoluzione della *contrainte* e fenomeni come quelli dell'OULIPO e dell'OPLEPO si spiegano come fenomeni di reazione di fronte al per così dire "fa quel che vuoi", che è molto bello, rabelaisiano, secondo me, ma contemporaneamente genera il terrore della libertà.

"Cosa fare?" È la grande domanda che si pone, non solo ai politici, ma a chiunque perché, se la tradizione non offre più delle contraintes moralizzanti, salvo che minacciose, la responsabilità dell'invenzione dei comportamenti (e quindi anche sul terreno dell'arte), il "che fare?" diventa spaventevole, bisogna rifugiarsi nella contrainte.

Il passaggio dell'Oulipo e dell'Oplepo lo interpreto nel senso che l'invenzione non è più nel testo, ma nella regola; io devo inventare la regola, il testo vale solo come sua esplicazione, laddove prima la regola, la contrainte, era il punto di partenza, ma essa naturalmente esisteva e aveva senso perché produceva testi, qui accade il contrario: ciò che è importante è la regola, il testo è relativamente indifferente.

La cultura moderna è davvero una cultura dell'anarchia, nel senso forte della parola, cioè del rifiuto delle regole, salvo quelle che si autoelaborano: nascono così delle autocostrizioni e, quanto alle forme del passato, possono scriversi sonetti a patto di considerarli assolutamente innaturali. È chiaro che, quando Carducci scriveva un sonetto, ci si calava tutto dentro; ma, se un poeta d'oggi scrive un sonetto, sa benissimo che è assolutamente innaturale e artificiale e, pur senza pensare tutte le cose che ho detto fin qui e che fanno parte della mia perversione soggettiva, deve sentire come non naturale questa forma, deve prendere le distanze, in qualche modo deve essere parodista. E la parodia è lo stato più avanzato del discorso sulla *contrainte* che oggi, mi pare, si possa individuare.

Edoardo Sanguineti

Prolegomeni a una logomachia

L'Oulipo e l'Oplepo

Nel novembre 1960, a Parigi, si ritrovarono sette amici dagli interessi complementari, matematici che avevano a cuore la letteratura, uomini di lettere con l'amore per le scienze esatte: nacque l'OULIPO (l'*Ouvroir de Littérature Potentielle*), il matematico-scacchista François Le Lionnais l'aveva fondato, lo scrittore Raymond Queneau, autore ancora soltanto di cinque o sei sonetti dei suoi *Cent mille milliards de poèmes*, aveva immediatamente aderito e con lui gli altri: Jacques Bens, Claude Berge, Jacques Ducheteau, Jean Lescure e Jean Queval.[1]

Nel gruppo dell'Oulipo si continua ancora oggi a esplorare sistematicamente la potenzialità della lingua con il continuo obiettivo di produrre nuovi procedimenti, nuove forme e strutture letterarie suscettibili di generare poesie, romanzi, testi rispondenti a prefissate *contraintes* (costrizioni), prescindendo quindi, almeno in parte, dal tradizionale concetto di ispirazione.

L'ispirazione di un'opera letteraria si adatta, in ogni caso, a una serie di procedure e costrizioni: grammaticali, lessicali, di struttura. L'obiettivo dell'*Ouvroir* è quello di modificare ed estendere tali limitazioni ormai codificate e consolidate, crearne altre, mostrare come esse siano propizie, generose, dando per ciascuna di esse, significativi esempi di esecuzione. *Contraintes* come l'acrostico, il lipogramma, il palindromo, l'olorima, ritenute generalmente sterili esercitazioni, vengono così difese e sostenute dagli oulipiani: il solo fatto di concludere un'operazione tanto restrittiva può essere una giustificazione sufficiente dell'opera.

Quando Raymond Queneau cercava di spiegare cosa fosse l'Oulipo, egli precisava che alcuni suoi lavori potevano pur sembrare semplici *jeux d'esprit*, ma ricordava che anche la topologia o la teoria dei numeri vennero fuori, almeno in parte, da quella che una volta si chiamava la "matematica divertente". «Si può pure ritenere» – dice Queneau – «che i Carolingi, il giorno in cui hanno incominciato a contare sulle dita 6, 8, 12 per fare versi, abbiano compiuto un lavoro oulipiano». I suoi *Cent mille milliards de poèmes* costituiscono il passag-

---

[1] Al gruppo si aggiunsero, poi, scrittori come Georges Perec, Italo Calvino, Marcel Bénabou, Paul Fournel, Jacques Roubaud, Harry Mathews, Jacques Jouet e ancora: Noël Arnaud, Valérie Beaudouin, André Blavier, Paul Braffort, François Caradec, Bernard Cerquiglini, Ross Chambers, Stanley Chapman, Marcel Duchamp, Frédéric Forte, Anne F. Garréta, Michelle Grangaud, Latis, Hervé Le Tellier, Michèle Métail, Ian Monk, Oskar Pastior, Pierre Rosenstiehl, Olivier Salon, Albert Marie Schmidt.

gio dalla matematica alla sua "letteralizzazione".[2] Un'altra opera di Queneau, *Exercises de style*, nasce invece dall'idea di realizzare in campo letterario quella libertà di variazioni su tema possibile nella musica: un semplice e insignificante episodio di vita quotidiana viene così ripetuto 99 volte in 99 stili differenti.

Gli oulipiani hanno sempre avuto a cuore la lezione originaria consistente nel suscitare l'immaginazione o l'ispirazione sottomettendosi a nuove rigide regole e liberandosi – così – da antiche forme ed espressioni. Essi partono dall'idea che la scrittura necessiti di impalcature rigorose, anche se non sempre visibili né decifrabili. Si tratta di strutture scelte volontariamente dall'autore dell'opera ma che, una volta assunte, diventano obbligatorie; né si pensi, essi sostengono, che ciò debba costituire un legaccio, uno scomodo impedimento a quella che tradizionalmente viene detta libertà dell'autore o alla sua ispirazione.

L'esempio de *La disparition* di Perec è illuminante: l'oggetto sparito è la lettera *e*, mai usata nel corso del romanzo. La regola nascosta, ma pure sotto gli occhi di tutti, era sfuggita ai critici, che lessero *La disparition* come un romanzo "normale". In realtà si trattava di un testo che faceva totalmente a meno di una vocale, che pure nella lingua francese è frequente come in italiano.

Nel metodo dell'Oulipo in primo luogo conta la qualità delle regole, la loro ingegnosità ed eleganza; se ad esse corrisponderà sùbito la qualità dei risultati ottenuti, tanto meglio; in ogni caso l'opera sarà un esempio delle potenzialità raggiungibili attraverso la strettoia di quelle regole.

Nessun oulipiano naturalmente pretende di sostenere che le proprie esercitazioni costituiscano compiute opere letterarie: si tratta, in ogni caso, di esercizi che, in prospettiva, possono produrre nuove, originali strutture compositive. Potrebbe sembrare, infatti, che queste *performances* non abbiano alcuna giustificazione, siano fini a sé stesse; ma, al di là di un tentativo di riabilitazione dell'artificio letterario, delle sue deformazioni o costrizioni strutturali, vi si può anche leggere il tentativo – quasi sempre riuscito – di liberazione dagli schemi e dalle forme abituali del comporre.

È certamente merito dell'Oulipo se Jacques Roubaud ha potuto concepire l'originale struttura de *La bella Ortensia*, che sconvolge i tradizionali canoni della narrazione e vi coinvolge lo stesso lettore: l'autore, i personaggi, il narratore, il lettore sono tutti insieme presenti, contemporanei protagonisti del romanzo.

È sicuramente derivabile dalle attività oulipistiche la concezione della struttura di alcuni libri di Italo Calvino. È oulipiano l'espediente "cornice"

---

[2] Si tratta di dieci sonetti composti con le stesse rime e con una struttura grammaticale tale che ogni verso di ciascun sonetto è intercambiabile con ogni altro verso situato nella stessa posizione. Per ciascun verso si avranno così dieci possibili scelte indipendenti; poiché i versi sono 14, si avranno in totale 10^{14} sonetti, cioè centomila miliardi di poesie.

utilizzato per legare i vari brani di *Se una notte d'inverno un viaggiatore*, dieci inizi di romanzi, che sviluppano un nucleo comune nei modi più diversi. Calvino si era ispirato ai quadrati semiotici di Greimas e spiegò in *Comment j'ai écrit un de mes livres* il procedimento seguìto. È oulipiano il principio della campionatura della potenziale molteplicità del narrabile, che sta alla base de *Il castello dei destini incrociati*, una macchina, spiega lo stesso Calvino, «per moltiplicare le narrazioni partendo da elementi figurali dai molti significati possibili come può essere un mazzo di tarocchi». *Se una notte d'inverno un viaggiatore* e *Il castello dei destini incrociati* sono opere nelle quali la struttura acquista un peso rilevante e determinante nell'economia generale del testo.[3]

È oulipiana la struttura del grande romanzo di Georges Perec *La vie mode d'emploi*.[4] Il romanzo è come una scatola contenente una moltitudine di romanzi; Perec immagina un palazzo parigino al quale sia stata tolta la facciata, di modo che tutti gli ambienti siano contemporaneamente visibili. La struttura è schematizzata da una sorta di scacchiera 10 x 10, dalle cantine alle mansarde, e Perec, ispirandosi alla progressione del cavallo nel gioco degli scacchi, tocca le varie caselle e crea tanti romanzi in uno. Nelle sue *Lezioni americane*,[5] in quella sulla "molteplicità", Calvino giudicò *La vita istruzioni per l'uso* «l'ultimo vero avvenimento nella storia del romanzo».

È fortemente oulipiana l'origine de *La disparition*, altro romanzo di Perec. In esso la regola lipogrammatica che presiede all'elaborazione del racconto si trasforma nella storia stessa narrata. È vero, la vocale non esiste più, è scomparsa, ma la sua assenza riempie le pagine di una sorta di continua, crescente e silenziosa presenza: essa genera il racconto, fa vivere o per lo meno fa muovere e morire i suoi protagonisti. Utilizzando il gioco verbale Perec racconta e rappresenta una storia che lascia riconoscere quella propria e di altri.[6]

È oulipiano l'impianto di *Sigarette* dell'americano Harry Mathews, che introduce un meccanismo nuovo di romanzo, una sorta di "narrativa combina-

---

[3] A Italo Calvino, membro del gruppo francese, oltre alle opere di stampo prettamente oulipiano, si devono scritti fondamentali quali l'Introduzione a *Segni, cifre e lettere* (1981), edizione italiana di *Bâtons chiffres et lettres* di Raymond Queneau (1950) e la traduzione italiana (1967) de *Les fleurs bleues* dello stesso Queneau.

[4] Premio "Médicis" 1978.

[5] Italo Calvino, *Lezioni americane*, Garzanti, Milano, 1988.

[6] Perec era ebreo e i suoi genitori non scamparono ai campi di sterminio. L'invenzione di Perec rielabora completamente gli elementi derivati da quel progetto irragionevole di voler distruggere un intero popolo: la storia del genocidio viene presa al rovescio e, alla follia antisemita, Perec risponde con l'eliminazione, assolutamente incruenta, di una lettera dell'alfabeto; all'insensata e assurda violenza nazista, egli oppone deliranti stragi puramente linguistiche. *La disparition*, d'altra parte, rappresenta anche la testimonianza diretta di un salvataggio, quello della lingua. La libertà del linguaggio si trova sempre contrapposta alla sua tirannide: evitare di usare una vocale costringe ad utilizzare una serie di artifici retorici e formali. Il romanzo diventa così la prova eclatante e convincente che l'assunzione di regole, anche le più dissennate, non è di alcuna limitazione all'attività letteraria.

toria": lo sviluppo della trama è ottenuto attraverso la presentazione dei vari protagonisti, a due a due, secondo diverse combinazioni.

Dopo la sua "proposta" di scientificizzare la storia (*Une histoire modèle*), Queneau tenta d'introdurre un po' d'ordine e un po' di logica in un mondo che ne è totalmente privo. L'«uscita dalla storia» è l'unica soluzione possibile e rappresenta il nucleo di *Les fleurs bleues*. «I due modi di considerare il disegno della storia, nella prospettiva del futuro o in quella del passato, si incrociano e si sovrappongono – [...] –. In *Les fleurs bleues* Queneau si prende gioco della storia negandone il divenire per ridurla alla sostanza del vissuto quotidiano».[7] Il più oulipiano dei romanzi di Raymond Queneau, *I fiori blu*, è il più bello dei suoi romanzi.

Soltanto dopo una decina d'anni dalla sua fondazione l'attività originale e specifica dell'Oulipo fu nota al grande pubblico e i due volumi editi da Gallimard, *Oulipo. La littérature potentielle. Créations Re-créations Récréations* (1973) e l'*Atlas de littérature Potentielle* (1981) presentarono gli aspetti più salienti della produzione oulipiana.

L'attività del laboratorio francese raggiunse anche alcuni intellettuali e scrittori italiani, come Calvino, Eco, Almansi, avvertendosene gli echi e le influenze in alcune riviste letterarie come "il Caffè" di Giambattista Vicàri, fino a che, nel 1985, a cura di Ruggero Campagnoli e di Yves Hersant, uscì a Bologna, presso l'editrice Clueb, *La letteratura potenziale (Creazioni Ri-creazioni Ricreazioni)*, versione dell'opera francese dell'Oulipo pubblicata da Gallimard nel 1973. La prima "traduzione" fu quella di *Ouvroir de Littérature Potentielle* e i due curatori l'attuarono facendo corrispondere ad *ouvroir* il termine industriale belle-pochistico di *opificio* e di lì, quindi, la sigla OPLEPO, con una scelta fatta già propria da Italo Calvino in occasione della morte di Georges Perec.[8]

Nel 1990, poi, a trent'anni dalla fondazione dell'OULIPO, nasce a Capri l'OPLEPO con gli stessi intenti dell'omologo e più anziano gruppo francese.[9] OPLEPO è l'acronimo di *Opificio di Letteratura Potenziale*.

Opificio è un luogo nel quale si opera, si produce; nel nostro caso si producono "strutture" letterarie; è traduzione libera, ma significativa, del francese *ouvroir*, del quale ripete il tono ironico.

---

[7] Italo Calvino, Introduzione a *I fiori blu*, Einaudi, 1981.

[8] "la Repubblica", 6 marzo 1982.

[9] Lo fondano Ruggero Campagnoli, Domenico D'Oria e Raffaele Aragona; successivamente vi aderiscono scrittori (Paolo Albani, Ermanno Cavazzoni, Edoardo Sanguineti e il catalano Màrius Serra), francesisti e letterati (Brunella Eruli, Piero Falchetta e Maria Sebregondi), creativi e manipolatori della parola (Giulio Bizzarri, Luca Chiti, Sal Kierkia, Giuseppe Varaldo, Anna Busetto Vicàri, e Giorgio Weiss), artisti (Alessandra Berardi, Totò Radicchio e Aldo Spinelli), matematici e informatici (Elena Addòmine, Marco Maiocchi e Piergiorgio Odifreddi).

Letteratura, perché si tratta di letteratura, "arte combinatoria" per eccellenza; il termine è da intendersi in senso lato, tanto che nell'àmbito dell'Oplepo iniziarono a svilupparsi attività parallele quali quella del TEAnO (Telematica, Elettronica e Analisi nell'Opificio),[10] quella della MUPO (Musica Potenziale),[11] della PIPO (Pittura Potenziale), della CUPO (Cucina Potenziale)[12], e ancora, più recentemente, quelle della LEPOPO (Letteratura Poliziesca Potenziale)[13] e della PERPO (Performance Potenziale).[14]

Potenziale è detto, naturalmente, perché i suoi prodotti non sono reali, sono ancora da farsi, da scoprire in opere già esistenti o da inventare attraverso l'uso di nuovi procedimenti. La fabbrica è una fabbrica di strutture, di metodi, dei quali interessa dimostrare la potenziale capacità di produrre testi.

L'Oplepo (come l'Oulipo) lavora sulle regole, ne evidenzia la presenza e mostra come esse abbiano sempre prodotto la letteratura. L'Oplepo (come l'Oulipo) produce strutture, ovvero fasci di costrizioni che generano testi.

Nell'ottobre 2000, celebrandosi tre ricorrenze legate al "potenziale" (quarant'anni d'attività dell'Oulipo, venti dell'Oupeinpo[15] e dieci dell'Oplepo), il consueto convegno inserito nelle manifestazioni di *caprienigma*[16] ebbe come tema la letteratura *à contrainte*.

Fu quella la terza occasione importante, in Italia, nella quale si discusse di letteratura potenziale, dopo l'incontro dedicatole, sempre a Capri, nel 1990,

[10] Il gruppo, "braccio armato informatico" di OPLEPO, nacque nel 1991 con l'obiettivo di fornire strumenti informatici di ausilio alle opere dell'Opificio; in stretto contatto con l'omologo francese ALAMO (*Atelier de Littérature Assistée par la Mathématique et les Ordinateurs*), a esso si devono interessanti applicazioni del potenziale alla musica e alla cucina.

[11] Con OPLEPO, TEAnO ha applicato il potenziale alla musica, lavorando sulla antonimia. Si tratta di trasformazioni algebriche di composizioni musicali, ottenute attraverso una trasposizione del concetto di "antonimico" dalla letteratura alla musica ed effettuate algoritmicamente su brani musicali preesistenti. Nata da un'idea di OPLEPO, la struttura è stata sviluppata tecnologicamente da TEAnO e la trasposizione, svolta su canzoni e su brani classici, è stata accompagnata dalla versione dei relativi testi seguendo il procedimento della poesia antonimica proposto a suo tempo dall'oulipiano Marcel Bénabou.

[12] Marco Maiocchi ha prodotto *l'Artusi S+n* (Millelire, Stampa alternativa, n. 5, marzo 1995), nel quale vengono trasformate 74 ricette dell'Artusi applicando la struttura oulipiana dell' «S+n».

[13] I "Misteri obbligati" (*Giallo d'Anghiari*), rappresentano un contributo originale all'esperienza di "Letteratura Poliziesca Potenziale" sviluppatasi dal 1973, anno di fondazione, a opera di François Le Lionnais, dell'OULIPOPO (*Ouvroir de Littérature Policière Potentielle*).

[14] L'idea si deve a Paolo Albani: si tratta di un laboratorio di esercizi performativi finalizzati a scoprire e valorizzare, attraverso la *performance*, le potenzialità espressive nascoste nelle pieghe del linguaggio.

[15] L'OUPEINPO, *Ouvroir de Peinture Potentielle*, è il laboratorio francese che sviluppa la componente pittorica del potenziale.

[16] Si tratta di convegni che si svolgono a Capri dal 1986 con cadenza biennale e su temi in qualche modo legati all'enigma (Edipo, la Sfinge, il labirinto, l'omonimia linguistica, la Sibilla, il doppio ecc.).

quando l'Oulipo tenne a battesimo il nascente Oplepo, e dopo il convegno *Attenzione al potenziale!* (Firenze, 1991) cui parteciparono specialisti e cultori di varie nazionalità.

Dopo la pubblicazione del volume *La letteratura potenziale (Creazioni Ri-creazioni Ricreazioni)*,[17] i soli episodi editoriali interessanti riguardanti la letteratura potenziale sono stati il volume *Attenzione al potenziale! Il gioco della letteratura*,[18] l'antologia *Oulipiana*,[19] la traduzione italiana de *La disparition*,[20] la raccolta di saggi *Enigmatica. Per una poietica ludica*,[21] *Capri à contrainte*[22] (silloge di *performances* di genere oulipistico ispirate all'Isola azzurra), la raccolta degli atti del convegno *La regola è questa*[23] e, infine, *Oplepiana. Dizionario di Letteratura Potenziale*.[24]

La Biblioteca Oplepiana

Durante gli anni seguenti la sua fondazione il laboratorio italiano dell'Oplepo ha prodotto una serie di *plaquettes*, tutte in edizione numerata e fuori commercio, lontane, quindi, dal suscitare l'attenzione di un pubblico numericamente consistente; la diffusione dell'attività oplepiana è risultata fino ad oggi piuttosto limitata, rimanendo legata esclusivamente a incontri specifici e di settore, quali lezioni universitarie, comunicazioni nell'àmbito di convegni o conferenze in circoli letterari e in Istituti culturali o, infine, alla frequentazione di un sito Internet.[25]

Questo volume raccoglie i fascicoli della *Biblioteca Oplepiana* stampati nei primi quindici anni di vita dell'Oplepo e che, non senza una buona dose di ironia, costituiscono le "Creazioni Ri-creazioni Ricreazioni" dimostrative dell'attività originale di questo laboratorio.[26]

Testi come questi, osservava Guido Almansi proprio in occasione della fondazione dell'Oplepo, possono avere una notevole importanza, sono di

---

[17] Ruggero Campagnoli e Yves Hersant (1985).

[18] Brunella Eruli (1994).

[19] Ruggero Campagnoli (1994).

[20] Georges Perec (1969), trad. it. di Piero Falchetta (1995).

[21] Raffaele Aragona (1996).

[22] Raffaele Aragona (2000).

[23] Raffaele Aragona (2002).

[24] Raffaele Aragona (2002): si tratta di "dizionario" nel quale sono riportati vari tipi di strutture insieme con le esemplificazioni svolte da autori oplepiani e tra queste appaiono, per stralci, anche le composizioni contenute per intero in questo volume.

[25] Cfr. il sito: www.oplepo.it

[26] La raccolta non comprende i numeri 1, 4, 6 e 10 poiché l'autore non ne desidera la pubblicazione.

incoraggiamento per un vasto sperimentalismo, «sono fortemente opportuni, specialmente in Italia, dal momento che la nostra letteratura e la nostra cultura sono ossessionate da due "eterni": quello che si riferisce al tempo, alla memoria, allo spazio, all'abisso e quell'altro connesso al solito triangolo: quando non si sconfina nei grandi problemi metafisici e psicologici, ci si occupa di piccole vicende borghesi».[27]

Il potenziale

«La struttura è libertà, produce il testo e nello stesso tempo la possibilità di tutti i testi virtuali che possono sostituirlo. Questa è la novità che sta nell'idea della molteplicità "potenziale" implicita nella proposta di una letteratura che nasca dalle costrizioni che essa sceglie e s'impone».[28]

È un'affermazione, questa di Italo Calvino, che può dar luogo a forti reazioni e certo non può mancare chi irrida all'idea che la letteratura sia anche o esclusivamente gioco. Nella letteratura come gioco c'è chi vi scorge una sorta di rinuncia al ruolo di trasmettitrice di esperienze fondamentali per la vita. Calvino viene talvolta considerato un esempio di letteratura basata sulla forma, su una forma considerata come arido rigore formale, come gioco autoreferenziale e che di conseguenza accetta una sorta di depotenzializzazione, una letteratura che rinuncia a essere direttamente utile per la vita.

In una delle sue *Lezioni americane*, l'ultima, quella sulla "molteplicità", Calvino accenna al «miracolo di una poetica, apparentemente artificiosa e meccanica, che tuttavia può dare come risultato una libertà e una ricchezza inventiva inesauribile».[29] È in questo senso che l'idea della *contrainte*, costrizione o restrizione, obbligo o vincolo, può diventare un elemento estremamente importante; anche perché nella sua scelta non intervengono soltanto elementi casuali, ma c'è sempre la volontà di trasformare, di utilizzare un certo livello di letteratura, di proiettarlo verso nuovi livelli; i quali rappresentano il grande motore che, al di là dell'elemento occasionale, fa sì che la costrizione sia produttiva. La scelta della *contrainte* non è per altro casuale. Questa è forse la grande differenza con una visione critica della costrizione da alcuni proposta:

<hr>

[27] "C'è bisogno di Oplepo in Italia" in *Enigmatica. Per una poietica ludica*, a cura di R. Aragona (1996).

[28] Italo Calvino, Introduzione a Raymond Queneau, *Segni, cifre e lettere*, op. cit.

[29] Italo Calvino, *Lezioni Americane*, op. cit. Calvino si riferiva a Georges Perec, a *La Vie mode d'emploi*, ma il suo discorso sulla molteplicità tocca anche *L'amour absolu* di Alfred Jarry e sfiora i *Cent mille milliards de poèmes* di Raymond Queneau, insistendo sul concetto che l'adozione di regole fisse non soffoca la libertà, bensì la stimola.

poco importerebbe il risultato in confronto alla difficoltà della scelta e ciò
farebbe sì che la scrittura si avvicini più ad un esercizio acrobatico che non al-
l'idea di un rapporto, di uno scambio, di una volontà di dire qualcosa di sé, anche se in modo oscuro o non comprensibile a tutti. La scelta della costrizione
rappresenta invece un momento estremamente delicato nel quale il meccanico
e il caso, fondendosi, possono riuscire veramente creativi.

L'accento, allora, va messo sulla visione di una letteratura non a lettere
maiuscole, una letteratura che non ha un concetto di sé come di un qualcosa
che mira a un empireo, a un assoluto, ma una letteratura fatta di congegni,
meccanica sì, ma nel senso forse ottocentesco; di una letteratura, cioè, realiz-
zata in modo quotidiano, artigianale, come esercizio, tecnica, applicazione e
che, proprio per questo, afferma il proprio impegno nei confronti di una letteratura che pretende di cambiare: essa si rivolge non tanto a una visione della
letteratura come continuità storica, ma guarda al lettore e lo coinvolge nella
partita a due di una costrizione.

Raffaele Aragona

* Successivamente sono entrati a far parte dell'Oulipo, a tutto il 2017:
Michèle Audin, Eduardo Berti, Luc Étienne, Étienne Lécroart, David Levin
Becker, Pablo Martín Sánchez, Clémentine Mélois.

** Sono entrati a far parte successivamente dell'Oplepo, a tutto il 2017:
Lorenzo Enriques, Furio Honsell, Daniela Fabrizi, Robert Viscusi, Paolo Pergola,
Astrid Poier-Bernhard, Laura Brignoli, Eliana Vicari, Jean Talon Sampieri, Cesare
Ciasullo, Valerio Magrelli, Francesco Durante.

Stand by

Il computer, usato come strumento di scrittura, ha abolito l'angoscia della pagina bianca. Lo schermo non è mai vergine perché in fondo lo è sempre, dal momento che qualsiasi cosa può essere cancellata, addirittura annullata, senza lasciare tracce. Si possono pigiare i tasti del computer come se fossero quelli di un pianoforte, tanto per ingannare l'attesa, accompagnare i propri pensieri e, forse, trovare quello che non si era cercato.

Questo si può chiamare ispirazione? È poca cosa in confronto all'idea che ne avevano i nostri antenati, classici o neoclassici, che addirittura scomodavano Apollo e invocavano le Muse perché insufflassero l'ispirazione al poeta, ben consapevoli che questa dipendeva da una possessione divina, da un invasamento, ed era un segno di benevolenza degli dèi. «Cantami o diva» dice Omero nella traduzione di Vincenzo Monti. Il poeta non è tale in prima persona, ma lo diviene quando traduce nella lingua dei mortali le parole della musa che non sarebbero comprensibili ai profani. Come riconoscere l'ispirazione? In quale zona del cervello è localizzabile?

Attraverso i secoli, le varie risposte escogitate per spiegare l'evento creativo hanno messo sempre in evidenza l'esistenza di un "segno" particolare che contraddistingue il "vero" poeta o il "vero" artista (e sorge il dubbio: quanti sono i "falsi" poeti? chi mai oserà dichiarare il falso dicendo di essere un "vero" poeta, o viceversa?). L'artista è tale perché é segnato nel fisico (Omero era cieco, si dice, Leopardi gobbo, Dostoevskij epilettico, Beethoven sordo, Chopin era tisico, Hölderlin era pazzo e via così). Da non sottovalutare il segno morale: l'infelicità (storica, cosmica, amorosa, spesso anche combinate), la follia (lucida o dionisiaca), la sregolatezza. Il modo prescelto per la trasmissione dell'ispirazione poteva essere il sogno, la droga, la malattia, talora, ma solo in via ufficiosa, la copia di altri scrittori (altrimenti detta "palinsesto" o intertestualità), la parodia, il collage, il furto.

Da questa sommaria e grossolana casistica si deduce che, nell'accezione comune, l'artista diventa tale dopo una sorta di pentecoste imprevedibile che gli permette di parlare la lingua dell'arte e della poesia. L'ispirazione, insomma, non dipende dalla volontà del poeta, anzi, questa gli cade sulla testa, quasi come una tegola. Una volta trovata l'ispirazione, il poeta deve stare attento a non perderla, il che accade con grande facilità e talora senza motivi plausibili. L'ispirazione, insomma, non è controllabile e il suo risultato non valutabile rispetto ad uno standard. Quanta ispirazione è necessaria per fare una poesia? Più o meno che per un romanzo? E per una tragedia in cinque atti? E per un aforisma? Chi scrive un *haiku* è più o meno ispirato di chi scrive un poema epico in dieci canti? Come non pensare a Queneau che diceva, ironicamente, di voler fare un «pò un popò un poema» quasi fischiettando una canzonetta di Maurice Chevalier.

Si può misurare l'ispirazione? Quanto profonda deve essere l'ispirazione per essere degna del nome? Ha senso affermare che il tal poeta è più poeta dell'altro? È solo una questione di gusto, di "canone" oppure il legame tra cultura e natura è cosi intricato che prendiamo per assoluti dei concetti legati alla nostra storia culturale? La questione è resa ancora più complessa dalle trasformazioni del canone estetico eurocentrico sotto la spinta della globalizzazione.

Contrariamente al detto popolare circa la non discutibilità dei gusti, questi interrogativi hanno fatto scorrere fiumi di inchiostro, ingrossati dai tentativi di risposta: il che dimostra la relatività delle varie proposte, bisognose tutte di costanti adattamenti e ripensamenti. In siffatti frangenti non si può che restare muti di ammirazione davanti alla saggezza del Dottor Faustroll, eroe del "non romanzo" composto da Alfred Jarry nel 1907. Il sapiente dottore che navigava in barca, ma per via di terra, ha redatto una lista di autori "pari", non in senso numerico (ed infatti sono in numero di 27), ma quanto al loro merito. Tutti gli autori sono uguali, ugualmente "autori", ugualmente "artisti" da Stéphane Mallarmé a Marceline Desbordes-Valmore, dalla Bibbia a Jules Verne, tutti sono considerati artisti dal momento che ogni classifica in campo estetico è inutile, se non impossibile, sottoposta com'è agli umori soggettivi e alla variabilità dei tempi. Duchamp non aveva torto quando faceva dello scolabottiglie (*égouttoir*), un implicito manifesto estetico "contro il gusto", giocando sull'affinità fonetica francese tra *gusto* e *goccia*, tutti e due eliminati con la *e* privativa.

Nonostante la proclamata libertà da ogni condizionamento (e quindi da ogni forma di "gusto"), i Surrealisti hanno finito per fare della poesia un valore assoluto; il sonno ipnotico, il sogno, le manifestazioni del caso diventavano gli spazi privilegiati per mostrare, in presa diretta, e senza mediazioni stilistiche, i movimenti dell'ispirazione. La scrittura automatica (apparentemente) libera da codici formali della comunicazione sembrava sintetizzare tutte le condizioni per cogliere la creatività alla stato nascente. In *Point du Jour*, André Breton considera la scrittura automatica come la rivelazione de «l'égalité totale de tous les êtres humains normaux devant le message subliminal». Cosa intendeva Breton? che c'è un unico inconscio e che Breton è il suo profeta, oppure che tutti, possedendo un inconscio, potevano essere artisti? L'interrogativo, sul momento trascurato, si rivelerà fecondo. Come conciliare allora gli esseri eguali e normali (si torna qui all'idea della "parità") con l'esaltazione della follia che tanta parte ha avuto nella mitologia surrealista? Nonostante l'aiuto più o meno frainteso di Freud per scandagliare le acque oscure della psiche, la questione dell'ispirazione rimase irrisolta; se tutti sono ispirati, nessuno lo è più; da stato eccezionale, quasi miracoloso, segno della predilezione divina o delle Muse, l'ispirazione diventa uno stato "normale", una funzione neurologica. Per alcuni la banalizzazione della sfera dell'estetico è considerata una perdita, quasi un segnale di disimpegno e di rinuncia alla missione civile del poeta. Forse si può considerare vero il contrario.

Il nodo gordiano del rapporto tra regole e scrittura, considerata tanto più libera quanto più immediata e non gravata da ricerche formali, viene tagliato da Queneau nel 1929, al momento del suo distacco dal Surrealismo. Per Breton, il poeta, per essere totalmente libero, doveva lasciar parlare senza filtri la propria immaginazione, mentre Raymond Queneau considerava questa modalità "selvaggia" una forma non di libertà, bensì di ignoranza. Infatti, egli dice, il tragico greco che scrive una tragedia seguendo le unità di tempo, di luogo e di azione ed obbedisce a regole rigide ed arbitrarie, ma a lui perfettamente note, è molto più libero di colui che si crede libero perché ignora le regole cui obbedisce (*Voyage en Grèce*). La diffidenza di Queneau nei confronti della psicoanalisi era sorta dopo una psicoanalisi della quale, nel 1937, fisserà grandezze e miserie negli alessandrini di *Chêne et chien*. Per Queneau, come anche per Duchamp, la cifra del lavoro artistico consiste in un "fare" artigianale, contrapposto alla teoria intellettuale. Basti pensare al libro che accompagna *Etant donnée...* di Duchamp, opera accuratamente postuma, dove l'artista indica nei minimi particolari le modalità del trasferimento dell'installazione al Museo di Filadelfia: gli schemi e gli schizzi fanno parte integrante del processo dell'opera.

Queneau rifiuta con fermezza l'ipotesi che la poesia dipenda da fattori esterni come l'ispirazione: il poeta non è mai ispirato perché lo è sempre; le potenze della poesia sono a sua disposizione, soggette alla sua volontà, sottomesse alla sua attività; quanto agli altri appare come frutto dell'ispirazione è solo frutto del suo lavoro continuo, modesto, artigianale e della sua decisione. Facendo del poeta un artigiano, Queneau elimina la sacralità, il mistero dell'afflato poetico. Dichiarare la poesia opera feriale, lontana da ogni afflato oracolare, porta lo scrittore a considerare la forma non come l'ornamento del dettato dell'ispirazione, ma come un modo per incastonare la struttura del pensiero entro più visibili e affabili architetture.

In questo suo maneggiare le forme della retorica, lo scrittore, come il costruttore di piramidi o di cattedrali, segue costellazioni o calcoli precisi che si impongono come necessarie modalità del dire e del fare. Seguire una regola significa anche prenderla in contropiede e metterla alla prova. Per il lettore, conoscere questa topografia aumenta l'ammirazione formale, ma non la certezza (necessaria ad ogni lettura) che quel testo, proprio quello, ha qualcosa da dirgli in quel momento. In questo processo di condivisione della regola del gioco, il rapporto fra autore e lettore si colloca su un piano di parità: l'autore, il poeta, l'artista sorridono benevoli e spingono il lettore traballante, emozionato, confuso alla scoperta delle sue possibilità creative, cioè del suo potenziale .

La parola potenziale ha, *in primis*, un significato tecnico. Si parla infatti di potenziale elettrico o magnetico. Potenziale reca in sé l'idea di potenza, ma al tempo stesso dice che questa potenza non si è ancora concretata e non sappiamo se lo sarà mai. È dunque la situazione dello *stand by*. Quella spia luminosa rossa indica che può succedere qualcosa, ma a condizione di compiere un'altra operazione che metta in attività i circuiti e renda operative e produttive le connessioni.

L'idea dell'arte come frutto di un'ispirazione incomprimibile che sbotta come un vulcano producendo opere sublimi, ci riporta, come nel gioco dell'oca, all'inizio: il poeta, l'artista sono esseri, eccezionali o maledetti, ma fuori dalla norma. Esiste un'arte che non sia arte dell'eccezionale o dell'eccezione e sia invece un'arte feriale, quotidiana, un modo per trovare un luogo dove si possa essere, se non felici, vivi, attivi, divertiti?

Nella valutazione del fenomeno artistico, il lettore è, di solito, considerato troppo spesso un "consumatore", un acquirente che non ha voce in capitolo e non può farsi rendere indietro i soldi se il libro gli appare scadente quando invece tutto il marketing critico lo ha lodato.

Al di là delle disposizioni tecniche, Queneau e l'Oulipo hanno cancellato la differenza fra lettore e spettatore da una parte e artista dall'altra: mossa cruciale nel panorama dell'arte contemporanea. In una lettera inviata il 17 agosto 1952 da Duchamp al pittore Jean Crotti, suo cognato, l'autore dei *ready-made* scriveva: «Non credo alla pittura in sé. Ogni quadro è fatto non dalla pittura ma da coloro che lo guardano e gli accordano i loro favori». Ricordando il sogno di Rimbaud che l'arte doveva essere fatta da tutti e non da uno solo, Duchamp afferma la fine del gusto e del "buon gusto" come canone assoluto e garanzia di "artisticità". Che differenza c'è fra un "orinatoio" e una "fontana", fra un qualunque *objet trouvé* e l'opera d'arte che potrà diventare a condizione che qualcuno sappia guardarli? Spostando l'accento dall'autore al fruitore, Duchamp vanifica il problema dell'ispirazione come tappa obbligata del senso del messaggio: non c'è l'alto e il basso, il nobile e l'ordinario, lo straordinario e il banale. La poetica dell'*objet trouvé* mostra la scarsa importanza del materiale di partenza che deve, invece, essere elaborato, metabolizzato, digerito anche da chi partecipa al processo creativo come osservatore o come utilizzatore.

Ed è qui che l'idea del potenziale mostra le sue implicazioni che, al di là degli elementi tecnici, toccano la definizione stessa di arte. Il potenziale comprende quella parte non ancora espressa di ogni opera d'arte, la sua capacità di tradursi in un linguaggio individuale. Una ricchezza di possibilità, di variazioni, di varianti su un tema, sempre lo stesso e sempre diverso. Significa dedicarsi ad esplorare il possibile e non il già esistente, significa muoversi con una notevole libertà rispetto alle strutture esistenti ed avere una visione dinamica delle forme.

L'attività dell'Oulipo e dei vari laboratori potenziali ad esso connessi ha come scopo quello di spostare l'accento dal consumo alla pratica. Scelta difficile, non scevra da frustrazioni sperimentate da chiunque abbia cercato di montare un mobile da solo. Ma i vantaggi dell'ergoterapia sono noti.

L'Oulipo soffre tuttavia di un sillogismo a espansione sviluppato da alcuni critici e che funziona cosi: Calvino è un arido formalista, Calvino è oulipiano, dunque tutti gli oulipiani sono aridi formalisti. Forse esiste un malinteso sul senso della *contrainte* ovvero sulla 'restrizione' o 'costrizione', discussione che ha creato più di uno scisma tra gli oulipiani cisalpini. Insomma, cos'è la restrizione o costrizione che dir si voglia? Già il senso non è esattamente lo stesso: come diceva Perec nel primo caso l'accento è messo sulla libertà alla quale vengono dati dei limiti, nel secondo caso l'accento è messo su un obbligo imposto dall'esterno. La costrizione (dall'antico francese *'constraindre'*) implica l'obbligo; la "restrizione" (dall'antico francese *'restraindre'*) implica il limite. Insomma, dice Perec, la regola obbliga, ma non restringe nulla, anzi fa spaziare, è uno stimolo alla libertà creativa. In realtà la scelta della restrizione, non dipende dal caso o dal suo grado di difficoltà: essa è già parte del senso, anzi è il senso; essa funziona come un sostegno formale al percorso del pensiero che avanza e si nasconde, si fissa e svanisce. La restrizione, come un imballaggio di Christo, nasconde alcune forme per renderle diversamente visibili. Il romanzo di Perec *La disparition*, scritto senza mai usare la lettera *e*, non è solo una prodezza tecnica, ma il "gioco" sull'omofonia tra *e* e *eux* è un modo per dire la scomparsa di *eux*, cioè dei genitori, e di quanti sono scomparsi nei campi di concentramento, dicendo allo stesso tempo l'indicibilità di tale esperienza cui si può solo alludere, dicendo sì, ma per sottrazione.

Mettendo l'accento su restrizioni e su forme prescelte seguendo, in parti uguali, la passione e la ragione, gli oulipiani (e gli oplepiani) offrono al lettore una struttura che potrà sviluppare, trasformare a suo piacimento. Esercizi per farsi la mano, gamme, esercizi alla sbarra, vocalizzi: lavori faticosi, penosi, da scordare al momento opportuno.

La scuola del potenziale è la scuola di una lunga pazienza: essa si propone di insegnare non tanto a proclamare messaggi, quanto a esercitarsi a balbettare (per riprendere un testo di Perec); non mira a fornire ricette mirabolanti, ma addestra a non temere di tornarsene a casa con le pive nel sacco, senza prede sublimi da esibire in salotto, ma con la tranquilla certezza di aver occupato il proprio tempo in un'attività utile per sé stessi e dunque – forse – anche per gli altri. Perec suggerisce che anche quando crediamo di non avere nulla da scrivere, o nulla da dire, bisogna stare in agguato, mantenere desta l'attenzione per cogliere la carica potenziale di eventi minimi: i passanti che traversano la stessa piazza, lo stesso giorno alla stessa ora di anni diversi. Come dire meglio, con meno enfasi, il senso del tempo che passa, la ripetizione, la diversità, l'attesa di qualcosa che si ignora.

Gli oulipiani (e gli oplepiani) vorrebbero spostare l'accento sulla soggettività, offrendo uno strumento, in apparenza ludico, ma solo in apparenza, per lottare molto seriamente contro i rumori del mondo, mantenendo attiva una capacità di invenzione, di ironia, di creatività che alla lunga, come la goccia, può scavare anche le pietre. Insomma, la questione mi pare si ponga in questi termini: Chi è artista? Chi veramente produce o chi sa guardare? Chi usa i codici conosciuti o chi non ha paura del pensiero divergente? Chi si ferma al reale o chi vede il potenziale?

Brunella Eruli

L'OpLePo e i plagiari per anticipazione

«Ci càpita a volte di scoprire» – scrive François Le Lionnais – «che era già stata scoperta o inventata nel passato, e anche nel lontano passato, una struttura che avevamo creduto perfettamente inedita. Ci facciamo un dovere di riconoscere un simile dato di fatto qualificando i testi in questione come "plagi anticipati"».[1]

Dunque un *plagiat par anticipation* è un testo strutturato oulipianamente prodotto in epoca anteriore alla nascita dell'OuLiPo (*Ou*vroir de *Litt*érature *Pot*entielle) che risale al giovedì 24 novembre 1960. Per inciso ricordiamo che nel paragrafo ix dei suoi *Palimpsestes* (1982) dedicato ai "giochi oulipiani" Genette usa il termine *oulipema* per indicare un testo prodotto dall'OuLiPo e *oulipismo* per designare invece un testo scritto, anche anteriormente, alla maniera di un oulipema.[2] In questo senso *plagiat par anticipation* e "oulipismo" si riferiscono allo stesso fenomeno.

In Italia l'OpLePo (*Op*ificio di *L*etteratura *P*otenziale) nasce a Capri il 3 novembre 1990. Prima di quella data lo spirito oplepiano aleggia sulle patrie lettere, ostentando i suoi paladini. L'*oplepismo* nostrano conta importanti precursori.

Cronologicamente parlando il primo riferimento non può che andare alla figura di un grande palindromista, anagrammista e compilatore di centoni: padre Anacleto Bendazzi (1883-1982) che nel 1951 licenzia le sue *Bizzarrie letterarie*, un libro vertiginoso di giochi verbali in gran parte di argomento sacro.[3]

Fra i primi anticipatori delle sperimentazioni di stampo oplepiano si può annoverare Bruno Munari che nel 1944 realizza *ABC Dadà*, un abbecedario artistico in cui, a ogni lettera (21) dell'alfabeto italiano, corrisponde un piccolo testo tautogrammatico illustrato con vari oggetti.

All'inizio degli anni sessanta, Nanni Balestrini compone alcune poesie con l'ausilio del calcolatore elettronico.[4] Il procedimento usato da Balestrini per

---

[1] Francois Le Lionnais, "Le second manifeste", in Oulipo, *La littérature potentielle*, Paris, Gallimard, 1973, pp. 19-23; trad. it. *Oulipo. La letteratura potenziale (Creazioni Ri-creazioni Ricreazioni)*, a cura di Ruggero Campagnoli e Yves Hersant, Clueb, Bologna, 1985, pp. 22-27.

[2] Gérard Genette, *Palinsesti*, Einaudi, Torino, 1997, p. 46.

[3] Anacleto Bendazzi, *Bizzarrie letterarie*, Presso l'autore nel Seminario di Ravenna, Ravenna, 1951, e *Bazzecole andanti*, a cura di Stefano Bartezzaghi, Vallardi, Milano, 1996; sulla vita di Bendazzi: Franco Gabici, *Sulle rime del don. Vita e inediti di don Anacleto Bendazzi*, Edizioni Essegi, Ravenna, 1996.

[4] *Poesie pratiche. 1954-1969*, Einaudi, Torino, 1976.

creare le sue *poesie combinatorie* si basa sulla divisione in "elementi", cioè in gruppi di poche parole legate sintatticamente, di tre brani. Le istruzioni per il calcolatore prevedono di: a) effettuare combinazioni di 10 elementi sui 15 dati, senza permutazioni e ripetizioni; b) costruire catene di elementi tenendo conto dei codici di testa e di coda (cioè la testa e la coda degli elementi vanno saldate grammaticalmente: «i capelli tra le labbra» + «assume la ben nota forma di fungo» diventa «i capelli tra le labbra assumono la ben nota forma di fungo»); c) evitare la contiguità di elementi derivati dallo stesso brano; d) suddividere le catene di 10 elementi in 6 versi di 4 «unità metriche» ciascuno (ecco un elemento diviso in unità metriche: «La testa - premuta - sulla spalla - trenta volte»). In qualunque modo combinati i tre testi di partenza producono delle poesie con un senso preciso. Il trattamento imposto da Balestrini è solo uno dei tanti possibili.

All'area sperimentale appartengono anche *L'oblò* di Adriano Spatola[5] e le *Poesie a schema multiplo* di Renato Pedio, uscite nel 1967 sulla rivista para-surrealista "Malebolge".[6] Nel primo caso si tratta di uno pseudo-romanzo in cui l'elemento combinatorio si snoda in una sequela di storie indipendenti, as-semblate in modo casuale, una sorta di "cadavere squisito" il cui percorso può essere scelto a piacere dal lettore.[7] L'operazione spatoliana ricorda, in un certo qual modo, il libro *Composizione n. 1* di Marc Saporta (cognome che sembra un anagramma di Spatola) uscito presso l'editore Lerici nel 1962, dove la libertà del lettore di leggere il romanzo disponendo come crede l'ordine delle pagine è totale. Anche perché le pagine del romanzo sono davvero sciolte, libere, separa-te le une dalle altre. Nella copertina si dice: «Mescolate le pagine come un maz-zo di carte e leggete», mentre la fascetta che tiene unite le pagine riporta questa frase dal sapore queniano: «TANTI ROMANZI QUANTI SONO I LETTORI. L'ordine del-le pagine è casuale: mescolandole, a ciascuno il "suo" romanzo». Le "poesie a schema multiplo" di Pedio, scritte su tre colonne, offrono la possibilità di leggere – ci dice l'autore – un determinato fatto di cronaca (la distruzione di Longarone sotto la diga del Vajont) «in una ventina di modi diversi, molti dei quali identici. Calcolo che esistano, però, cinque o sei buone letture valide».

In senso stretto la storia dell'oplepismo italiano si apre con la costituzione dell'«Istituto di Protesi Letteraria» (IPL), curiosa accademia che inizia la sua attività come Seminario Permanente di Letteratura Sperimentale all'interno di

---

⁵ Feltrinelli, Milano, 1964.
⁶ "Malebolge", 2, 1967, pp. 12-14.
⁷ Cfr. Renato Barilli, "Spatola", in *La neoavanguardia italiana. Dalla nascita del "Verri" alla fine di "Quindici"*, il Mulino, Bologna, 1995, pp. 257-263.

quel formidabile laboratorio culturale che fu la rivista "il Caffè", fondata nel 1953 e diretta da Giambattista Vicàri.[8] Scrivono per l'IPL, fra gli altri, Guido Ceronetti, Giampaolo Dossena e Luigi Malerba.

Fra gli scrittori vicini all'attività dell'IPL sono citati su "il Caffè" anche Giorgio Manganelli e Umberto Eco, entrambi a pieno titolo "plagiatori per anticipazione" dell'OpLePo.

Il primo – scrittore visionario fedele a un'immagine "manieristica" della letteratura come costruzione artificiosa di un mondo surreale – è autore di *Centuria*, una raccolta di «cento piccoli romanzi fiume», brevi narrazioni non più lunghe di un foglio che vanno a comporre «una vasta ed amena biblioteca». In un'intervista apparsa sull'*Avanti!* dell'8 aprile 1979 Manganelli spiega la genesi del libro:

«Avevo per caso molti fogli da macchina leggermente più grandi del normale, e mi è venuta la tentazione di scrivere sequenze narrative che in ogni caso non superassero la misura di un foglio: è un po' il mito del sonetto, cioè di una struttura rigida e vessatoria con la quale lo scrittore deve necessariamente misurarsi. Ma il fascino è tutto qui: in un tipo di scrittura che ti obbliga all'essenziale, che ti *costringe* a combattere contro l'espansione incontrollata. Insomma, credo che se non avessi avuto quei fogli non sarei mai riuscito a scrivere questo libro» [il corsivo è mio].

In un'altra intervista pubblicata su *Libération* del 29 maggio 1985, in occasione dell'uscita della traduzione francese di *Centuria*, Manganelli ritorna sulla «natura artificiosa» del libro:

«Un soir où j'étais de mauvaise humeur, j'ai eu l'idée d'utiliser ces feuilles en me tenant au nombre de lignes qu'elles comportaient. Une idée, un récit par feuille: la première que j'ai écrite est la première à figurer dans le livre, de même pour les autres: rien n'a été modifié, amélioré ou transformé. Je ne devais écrire que sur les rectos, jamais continuer au verso; l'autre *règle* était de ne pas construire d'histoires qui se suivent, ni même que les personnages se retrouvent. Chaque récit devais se suffire, quitte à ce que certaines situations se ressemblent. J'ai mis un mois à écrire le livre» [il corsivo è mio].

Costrizione, regola: le indicazioni di Manganelli sono chiare: ne esce, come scrive Paola Italia, «un organismo compatto e dalla struttura calibratissima,

---

[8] Per una storia dell'IPL cfr. *Le cerniere del colonnello. Antologia degli scritti dell'Istituto di Protesi Letteraria*, a cura di Paolo Albani, Firenze, Ponte alle Grazie, Firenze, 1991.

[9] Rizzoli, Milano, 1979.

in cui l'esercizio di stile si unisce al *divertissement* del gioco combinatorio».[10]
I «cent petits romans-fleuves», presentati da un *Prologue* di Italo Calvino, hanno un grande successo in Francia dove esperimenti come *Centuria* si ricolle-
gano alle «ricerche dell'avanguardia francese, quali ad esempio l'OULIPO di
Queneau e Perec».[11]

Anche sul terreno saggistico affiora l'inclinazione oplepiana di Manganelli.
In "Avanguardia letteraria" (1994) Manganelli definisce gli scrittori d'avanguardia «puntigliosi escogitatori di artifici, un poco pedanti, intelligenze naturalmente inclini agli aspri e lucidi gaudi dell'acrostico, dei tecnopegnia, dei gli-
fi, intenti agli austeri estri combinatori del linguaggio», definizione che aderisce
bene a quella dello scrittore di letteratura potenziale. Per Manganelli gli scrittori d'avanguardia sono «letterati in quanto fanno letteratura d'artificio», a suo
dire «l'unica che sia legittimamente denominabile letteratura. L'amore delle
combinazioni improbabili, la scelta e la coltivazione di sintassi ostiche, ardue,
inospiti; insomma, la scelta delle strutture, di strutture arbitrarie e rigorose».[12]
L'idea manganelliana di «una letteratura come artificio; fatto non sentimentale,
non privato, e nemmeno demonico, non morale, non sociale, ma sommamente
arbitrario e, insieme, rigoroso» è molto in sintonia con quella oulipiana dove,
per dirla con Calvino, un «testo costruito secondo regole precise apre la molteplicità "potenziale" di tutti i testi virtualmente scrivibili secondo quelle regole»
e dove dunque «la struttura è libertà» perché «produce il testo e nello stesso
tempo la possibilità di tutti i testi virtuali che possono sostituirlo».[13]

L'attività pre-oplepiana, cioè anteriore al 1990, di Umberto Eco è vasta
e multiforme. Il suo fulcro è naturalmente legato alla traduzione (del 1983)
– in molti casi una vera e propria ri-scrittura, nel senso di re-invenzione – dei
novantanove *Exercises de style* (1947) di Raymond Queneau. Rimanere fedeli
al gioco di Queneau – afferma Eco – significa capirne le regole, «rispettarle, e
poi giocare una nuova partita con lo stesso numero di mosse».[14]
In omaggio alla *performance* queniana (almeno nel ricorso al numero 99)
compare su "il Caffè" (1972) un testo firmato da un Anonimo Ginevrino e at-
tribuito a due noti studiosi di linguistica e semiologia di cui la rivista conserva

[10] Paola Italia, "Note al testo", in Giorgio Manganelli, *Centuria. Cento piccoli romanzi fiume*,
Adelphi, Milano, 1995, pp. 283-303.

[11] *Ibidem*, p. 296.

[12] Piergiorgio Manganelli, "Avanguardia letteraria", in *Il rumore sottile della prosa*, Adelphi,
Milano, 1994, pp. 72-77.

[13] Italo Calvino, Introduzione a Raymond Queneau, *Segni, cifre e lettere*, Einaudi, Torino, 1981,
pp. V-XXIII.

[14] Umberto Eco, Introduzione a Raymond Queneau, *Esercizi di stile*, Einaudi, Torino, 1983,
pp. V-XIX.

l'anonimato, firma dietro la quale si nascondono – oggi non è più un mistero – Eco e Tullio De Mauro. Si tratta dei *Novantove proverbi strutturalisti* «particolarmente consigliabili ad alunni delle scuole materne, ispettori della pubblica istruzione, crociani della Riserva, elzeviristi, attori di cabaret, rettori magnifici, dirigenti di programmi culturali alla tv, compilatori di lunarî», proverbi del tipo: Chi Lacan l'aspetti; Tanto va il fonema al codice che ci lascia la variante; Il Propp stroppia.[15]

All'idea di letteratura combinatoria – si pensi ai *Cent Mille Milliards de Poèmes* (1961) di Queneau – rimanda il breve saggio *Do your movie yourself* (1972) dove Eco, ipotizzando l'avvento di un'era nella quale tutti possono farsi un film da soli grazie all'uso del videoregistratore, presenta una serie di "soggetti multipli" ordinati per vari registi quali Michelangelo Antonioni, Jean Luc Godard, Ermanno Olmi, Luchino Visconti ecc. In pratica l'utente acquista un *plot pattern*, cioè una *gabbia* di soggetto multiplo che può riempire con un'ampia serie di combinazioni standardizzate.[16]

Fra i molteplici esercizi cui Eco si dedica con grande diletto, sempre prima del 1990, assunta qui come nostra data spartiacque, vi sono testi monovocalici – nella rubrica di Dossena sul *Venerdì* de "la Repubblica"[17] ne appare uno in E, «L'ente e l'esente»: «Sedete, gente, leggete le certe tessere del Sefer! Esse necesse est...» – e lipogrammatici (due in A sul leopardiano *Passero solitario* sono antologizzati da Guido Almansi e Guido Fink in *Quasi come*;[18] altri da Eco in *Vocali*[19] e ne *Il Secondo diario minimo*[20]).

Nel febbraio 1987 Eco pubblica su "L'Espresso" una prima serie di "ircocervi", una sorta di parole-valigia prodotte dalla fusione di due nomi famosi cui viene accompagnata una definizione del nuovo personaggio. La regola del gioco dell'ircocervo, un mostro mitologico metà caprone (irco) e metà cervo, impone di fondere insieme il nome di due personaggi noti, in modo che al nuovo personaggio si assegni un'opera inedita che ricordi tuttavia alcune caratteristiche dei due personaggi originari, senza escludere qualche altro richiamo ambiguo. Al personaggio Agatha Cristo corrisponde la definizione: *Dodici piccoli apostoli*; Achille Bonito Olivolà: *Saclart*; Billy Wilde: *A qualcuno piace Ernesto*. Sono proibite le combinazioni che, anche se danno origine a un bel titolo, non sono giustificate da una immediata associazione fonetica

---

[15] Anonimo Ginevrino, *Novantanove proverbi strutturalisti*, in "il Caffè", 5-6, 1972, pp. 25-28.
[16] Umberto Eco, "Do your movie yourself", in *Diario minimo*, Mondadori, Milano, 1986, pp. 138-146.
[17] Cfr. numero 45 del 28 ottobre 1988, p. 178.
[18] Bompiani, Milano, 1976, pp. 301-302.
[19] Alfredo Guida Editore, Napoli, 1991.
[20] Bompiani, Milano, 1992.

o grafica tra i due nomi di partenza.[21] Nel 1998 compare una versione visiva dell'ircocervo.[22]

Più tardi, nel luglio 1992, Eco presenta una variante del gioco degli ircocervi inventando un nuovo artificio che chiama «finneghismo», ovvero una parola composta accompagnata da una definizione plausibile, come *arfabeto*: sistema di scrittura per cani; *cornitologo*: etologo che studia l'adulterio tra uccelli; *oromogio*: Swatch che suona solo le ore tristi. L'idea di quest'esercizio viene a Eco durante un lavoro sul *Finnegans Wake* (1939) di James Joyce.[23]

A proposito dei *fun*ambolismi linguistici di Eco va detto che alcune delle sperimentazioni verbali contenute nella sezione "Giochi di parole" de *Il Secondo diario minimo* sono prive dell'indicazione dell'anno di stesura restando così impossibile stabilire se il gioco sia anteriore oppure no al 1990, anno significativo dal punto di vista *plagiaristico*.

Altro reduce dell'IPL è Guido Almansi che già su "il Caffè" si era cimentato in una "ri-scrittura" de *L'infinito* leopardiano e in varie mistraduzioni, cioè avventurose e avventate traduzioni dove ad esempio il verso di John Keats «Season of mists and mellow fruitfulness» viene reso con «Stagione di brume e molli fruttiferinità».[24]

Fra gli esercizi almansiani si contano lipogrammi (come quello in E, O, I, U da Cesare Pavese: «Varrà la Marta a avrà a ta acca»), poesie rovesciate (*Un distico dantesco*: «Poco villano e disonesto spare / Il maschio tuo quand'egli a lei s'ammuta»), variazioni sulla vispa Teresa.[25]

Nel 1967 Edoardo Sanguineti, attuale presidente dell'OpLePo, pubblica il romanzo *Il giuoco dell'oca*.[26] Nella quarta di copertina si legge:

«Questo Giuoco è composto di 111 numeri [nel senso che il romanzo è suddiviso in 111 capitoletti, *n.d.r.*], e può anche servire a giocare fino a 79. Ciò deve convenirsi prima di cominciare la lettura. Per giocare ci si serve di due dadi numerati dall'1 al 6, e si tira chi debba giocare per primo, e si conviene la posta al giuoco. Colui che fa 12 va al 110 e ci trova SUPERGIRL, e può

[21] Umberto Eco, *Il Secondo diario minimo*, op. cit., p. 295.

[22] Massimo Bucchi, *'900*, con Introduzione di Umberto Eco, I libri di Edizioni "la Repubblica", Roma, 1998.

[23] Umberto Eco, *Un gioco per l'estate? La Duomocraxia*, in "L'Espresso", 28, 12 luglio 1992, p. 190; *I giochini estivi colpiscono ancora. Invito a partecipare ai Finneghismi*, in "L'Espresso", 29, 21 luglio 1995, p. 170; *La professoressa che non ne indovina una. Nuova collezione di "finneghismi"*, in "L'Espresso", 41, 15 ottobre 1995, p. 266; *Mi scuso per i giochini. Sono utili. Servono ai ragazzi delle scuole*, in "L'Espresso", 49, 10 dicembre 1995, p. 258.

[24] Cfr. *Versi in proprio e mistraduzioni*, "il Caffè", 7-8, 1974, pp. 12-15.

[25] Guido Almansi, *Maramao*, Longanesi, Milano, 1989, pp. 49-54 e pp. 95-104.

[26] Edoardo Sanguineti, *Il giuoco dell'oca*, Feltrinelli, Milano, 1967.

tirare una volta sola con un solo dado; se per caso l'1 venisse, egli ha finito il romanzo».

Al 1982 risale invece l'*Alfabeto apocalittico*, scritto in 21 ottave per l'*Apocalisse* di Enrico Baj, pittore antesignano dei patafisici italiani, il cui nome figura fra gli «invitati d'onore» dell'OuLiPo. Si tratta di poesie tautogrammate dall'A alla z. In precedenza Sanguineti aveva scritto poesie acrosticate[27] in cui l'acrostico rende il nome del destinatario (*Ugo Nespolo, Octavio Paz*, ecc.) o parole-chiave (*landscape, maggio, PCI*) o frasi (*Sanguineti amat*), in quest'ultimo caso con l'aggiunta di un'altra costrizione, cioè il tautogramma. Fra il 1984 e il 1987 Sanguineti compone poesie che sono dei veri e propri rebus senza disegno.[28]

Al termine di questo breve viaggio fra i più significativi "plagiari per anticipazione" dell'OpLePo ci premono ancora due considerazioni.

La prima riguarda Rodolfo J. Wilcock (1919-1978) che Calvino propose come membro dell'OuLiPo. Ne *La sinagoga degli iconoclasti*,[29] fra i profili di esseri che, poggiando sulle solide basi della scienza o comunque di una qualche disciplina che si presenta rigorosa, si sono mossi verso la demenza, Wilcock riporta il caso dell'orologiaio francese Absalon Amet che, nel Settecento, inventa e fabbrica il *Filosofo Meccanico Universale*, un apparecchio, grande come un'intera stanza, in grado di produrre una quantità quasi infinita di frasi, combinando una serie di vocaboli (sostantivi, avverbi di ogni sorta, congiunzioni, negazioni, verbi sostantivati, ecc.) scritti su delle targhette disposte a loro volta su ruote dentate caricate a molla e regolate nel loro movimento da uno speciale congegno a scatto che periodicamente ferma l'ingranaggio.

Infine un richiamo a due personaggi che non sarebbe azzardato far rientrare nella schiera dei cosiddetti «fous littéraires».

Il primo è il medico Giovanni Finazzi (?-1833), per alcuni anni sindaco di Omegna, autore di un opuscolo su *Le invenzioni del Dottor Fisico Cusiano* sottotitolato: «Descrizione di un vegetabile anticonsultivo, di un trebbiatojo, di una barca innaufragabile e di un metodo di passeggiare sulle acque». A Parigi Finazzi concepisce, redige e stampa un libro intitolato *L'oracolo della Sibilla Cusiana*, la cui prima edizione italiana esce a Napoli presso la tipografia Palma nel 1835; successivamente il libro viene ristampato in altre città. Che cos'è *L'oracolo della Sibilla Cusiana*? È un libro divinatorio, strutturato per interrogare la Sibilla Cusiana, da Cusio che è il lago d'Orta situato nelle Prealpi

---

[27] *Stracciafoglio. Poesie 1977-1979*, Feltrinelli, Milano, 1980.
[28] Edoardo Sanguineti, "Rebus", in *Bisbidis*, Feltrinelli, Milano, 1987, pp. 37-67.
[29] Adelphi, Milano, 1972.

piemontesi. Il libro «permette un gioco divinatorio paragonabile a quello dell'*I Ching* o *I King*. Il postulante formula una domanda. Sulle lettere delle parole che costituiscono la domanda si effettua una prima serie di operazioni numeriche; i risultati rimandano a tabelle complesse, dalle quali si ricavano (con pazienza, attenzione e un po' di estro) responsi in endecasillabi a rima baciata».[30] Dunque *L'oracolo della Sibilla Cusiana* è a suo modo un testo di «letteratura combinatoria» basato sugli stessi principi dei *Cent Mille Milliards de Poèmes* di Queneau, anzi secondo Dossena perfino «più bello e più utile». Ispirandosi al procedimento elaborato dal Finazzi, Wilcock e Francesco Fantasia scrivono una «poesia» intitolata esplicitamente *L'oracolo della sibilla cusiana*.[31]

Il secondo personaggio anomalo è Carlo Cetti (1884-?), autore eclettico, la cui fertile produzione comprende novelle, trattati di mnemonica, testi di critica letteraria, di poesia, di politica, di economia, di filosofia morale, di satira, di storia, di pedagogia. Che cosa ha fatto Cetti? Muovendo dal «brevismo», una teoria da lui ideata nel 1946 che individua nella brevità del linguaggio un mezzo per la perfezione dello stile,[32] Cetti ha riscritto in ben 196 pagine una versione semplificata dei *Promessi Sposi* del Manzoni.[33]

Una postilla. Come esistono i «plagiari per anticipazione», esistono anche i «plagiari per posticipazione», cioè coloro che, dopo la costituzione dell'OpLePo, agiscono oplepianamente senza tuttavia essere membri dell'OpLePo, magari anche ignorandone l'esistenza (nel film di Fulvio Wetzel *Prima la musica, poi le parole* del 1999, il protagonista è un bambino che parla un linguaggio strutturato su precise regole di tipo musicale), ma di questi plagiari parleremo un'altra volta.

Paolo Albani

---

[30] Giampaolo Dossena, *Enciclopedia dei giochi*, 3 Voll., Utet, Torino, 1999, II, p. 512.

[31] Rodolfo J. Wilcock e Francesco Fantasia, *Fra Teleprocu*, Adelphi, Milano, 1976, p. 21.

[32] Carlo Cetti, *La lingua si perfeziona e progredisce tendendo a brevità (Teoria del brevismo). Appendice: Dell'arte narrativa*, Edizioni "Il ginepro", Como, 1946.

[33] Carlo Cetti, *Rifacimento dei Promessi Sposi*, a cura dell'Autore, Soc. Arti Grafiche S. Abbondio, Como, 1965.